疑惑領域

突撃警部

（『疑惑領域 密命警部』改題）

南 英男

祥伝社文庫

目次

本書の主な登場人物

真崎《まさき》航《わたる》……38歳。警視庁刑事部長直属特捜警部。目黒《めぐろ》区中根《なかね》在住。

天野《あまの》勇司《ゆうじ》……51歳。刑事部長。警視長。

峰岸《みねぎし》達也《たつや》……44歳。新任参事官。警視正。

野中《のなか》賢人《けんと》……35歳。博徒《ばくと》系暴力団追分組組員。真崎の相棒で元部下。

沼部《ぬまべ》努《つとむ》……58歳。家屋解体請負会社共進《きょうしん》興業代表取締役。かつてスーパーを倒産。

代山《しろやま》伸昭《のぶあき》……61歳。沼部の同業者、代山《しろやま》産業社長。

浜畑《はまはた》譲次《じょうじ》……47歳。暴力団龍門《りゅうもん》会田所《たどころ》組幹部。代山の元舎弟《しゃてい》。

伊丹《いたみ》秋生《あきお》……59歳。元食品卸問屋社長。沼部のスーパー倒産時に連鎖倒産。

日下《くさか》麗子《れいこ》……46歳。資産家未亡人。共進興業創立時に出資。

橋爪《はしづめ》徹《とおる》……48歳。代山産業営業部長。共進興業に顧客情報を流す。

倉持《くらもち》善行《よしゆき》……53歳。共進興業現社長。

羽鳥《はとり》七海《ななみ》……32歳。沼部の愛人で、遺産を相続。

吉武《よしたけ》雅之《まさゆき》……56歳。共進興業顧問弁護士。元東京地検特捜部検事。

第一章　報復の気配

1

近くで何かが爆《は》ぜた。

夜気《やき》が劈《つんざ》かれる。銃声だった。間違いない。

真崎航《まさきわたる》は反射的に身を屈《かが》めた。

西麻布《にしあざぶ》にあるダイニングバー『エル』を出た直後だった。真崎は、元刑事のやくざと連れ立っていた。四月上旬の晩だ。

まだ十時になっていなかった。夜風は生暖かい。

真崎は右手の暗がりを透《す》かして見た。

二十メートルほど離れた路上に四十年配の男が立っている。小太りで、どことなく崩れていた。堅気《かたぎ》ではなさそうだ。男は両手保持で拳銃を構えている。

目を凝《こ》らす。ノーリンコ59だった。中国製のマカロフだ。

三十八歳の真崎は、警視庁の刑事である。ただの捜査員ではない。刑事部長直属の特捜警部だ。マスクは男臭く、体軀《たいく》も逞《たくま》しい。

真崎は特別に拳銃の常時携行を認められていたが、あいにく丸腰だった。特殊警棒も携帯していない。

「てめえ、浪友会《ろうゆうかい》の者《もん》だなっ」

連れの野中賢人《のなかけんと》が暴漢に確かめた。相手は唇を歪《ゆが》めただけだった。全身に殺気が漲《みなぎ》っている。油断はできない。

野中は三十五歳で、真崎が麻布署刑事課に勤務していたころの部下だ。レスラーのような巨漢である。丸刈りで、顔はいかつい。無頼刑事だった野中は交際していたクラブ歌手が薬物に溺《おぼ》れていることを知りながら、積極的に高飛びさせた。それだけでも、警察官失格だろう。

当然ながら、野中は懲戒《ちょうかい》免職になった。四年四カ月前のことだ。その翌月、野中は博《ばく》徒《と》系の暴力団の組員になった。

もともとアウトロー気質だった。盃《さかずき》を貰《もら》った追分組《おいわけぐみ》は麻布一帯を縄張りにしているが、構成員は約千二百人と少ない。

任侠道《にんきょうどう》を重んじている追分組は、麻薬や盗品の密売には手を染めていないはずだ。賭博、管理売春、金融、興行、絵画リース、ビル解体などをシノギにしている。

野中は古いタイプの筋者《すじもの》だった。堅気《かたぎ》や女子供を泣かすような真似《まね》はしない。俠気《おとこぎ》があり、情《じょう》に脆《もろ》い。要するに、憎めない無頼漢である。

野中は裏社会で生きながらも、心根《こころね》までは腐っていない。凶悪な犯罪者を野放しにはしないという正義感は失っていなかった。

その点で、通じ合うものがあった。真崎は無法者の野中にある種の友情を懐《いだ》いている。

独身の野中は無類の女好きだった。過去の女たちにまとわりつかれるのを避けるため、ホテルやマンスリーマンションを塒《ねぐら》にしていた。

「おのれ、浪友会の秘密カジノで何遍《なんべん》も厭《いや》がらせをしたやろ?」

ノーリンコ59を握った男が、野中を睨《ね》めつけた。典型的な三白眼《さんぱくがん》だ。

「それがどうした? 当然だろうが! てめえらは、追分組《うち》の縄張り内《シマウチ》にカジノを作りやがったんだからな。協定違反だろうがよっ」

「弱肉強食や」

「ふざけんじゃねえ。てめえらは追分組《うち》の常盆《じょうぼん》(常設の賭場)の客たちもビビらせやがった」

野中が吼《ほ》える。

「いかさま《サマ》をしてるんやないかと旦那衆に忠告してやっただけや」

「なめたことをしやがって！」

「縄張《シマ》りを荒されとうないんやったら、力でこいや」

相手が息巻き、またもや引き金を絞った。

銃口炎《マズル・フラッシュ》が十センチ近く吐《は》かれた。赤味を帯びた橙色《だいだいいろ》だった。放たれた銃弾は、ダイニングバーの軒灯《けんとう》を砕《くだ》いた。破壊音が耳を撲《う》つ。

「てめえ、上等じゃねえかっ」

野中がいきり立ち、地を蹴《け》りそうになった。

とっさに真崎は野中に足払いを掛け、横転させた。野中は肘《ひじ》を打ったらしく、小さく呻《うめ》いた。真崎は、元部下を事件に巻き込みたくなかったのである。

「おれは警察官だ。武器を捨てるんだっ」

真崎は大声で言い、上着の内ポケットからFBI型の警察手帳を抓《つま》み出した。黒に見えるが、濃いチョコレート色だ。

「それ、ポリスグッズの店で買《こ》うた模造品やろ？　やくざと刑事《デコスケ》がつるんで歩いとるわけないわ」

「銃刀法違反で逮捕《パク》るぞ」

「こっちに来るんやないっ。近づいたら、おのれを撃《ハジ》くで！」

関西弁を操《あやつ》る極道が喚《わめ》き、三弾目を浴びせてきた。乾いた銃声が尾を曳《ひ》く。

真崎は姿勢を低くした。

ほとんど同時に、銃弾の衝撃波が右のこめかみを掠《かす》めた。真崎は少しも怯《ひる》まなかった。犯罪者に銃口を向けられたことは一度や二度ではない。

野中が身を起こし、襲撃者を怒鳴《どな》りつけた。

真崎は野中をなだめ、懐《ふところ》に手を入れた。拳銃を携行している振りをしたのだ。

「正当防衛で反撃するぞ」

「拳銃《チャカ》持っとんのか!?」

狙撃者が焦《あせ》って身を翻《ひるがえ》した。中国製トカレフのノーリンコ59を手にしながら、大通りに向かって走りだす。逃げ足は速《はや》い。

真崎はすぐに追った。野中が倣《なら》う。通行人と野次馬は逃げ惑《まど》っている。

「止まれーっ。止まらないと、撃つぞ！」

真崎は叫びながら、全力で疾駆《しっく》した。

逃げる男は大通りに達すると、そのまま車道に飛び出した。数秒後、鈍《にぶ》い衝突音が轟《とどろ》いた。ブレーキ音が響く。

大阪《おおさか》の極道者はコンテナトラックに撥《は》ねられ、宙《ちゅう》を舞った。車道に落下する前に対向車線のワンボックスカーに弾《はじ》かれて、向こう側の舗道に叩きつけられた。

首が奇妙な形に捩《ねじ》れている。微動《びどう》だにしない。即死だったようだ。

「おれの命《タマ》を奪《と》ろうとしたのは、浪友会の生駒悠輔《いこまゆうすけ》って野郎ですよ。四十二、三だったかな」

横に並んだ野中が小声で言った。

「もう生きてないだろう」

「そうみたいだね。真崎さんのおかげで、また命拾いしました」

「野中、すぐに消えろ。後《あと》は、おれがうまくやるから。誰かが一一〇番しただろうから、おれが初動の連中に経緯を話す」

「待ってよ。真崎さんこそ、事件現場を離れたほうがいいな。そうしてくださいよ」

「おまえは堅気《ネス》じゃないんだ。痛くもない腹を探《さぐ》られるだろう。早く逃《フ》げろ！」

真崎は促《うなが》した。

「いいのかな」

「急ぐんだ」

「恩に着ます」

野中が踵《きびす》を返し、瞬《また》く間《ま》に脇道に走り入った。二度も車に撥ねられた生駒の周《まわ》りには、大勢の男女が群れていた。とうに誰かが事件と事故の通報をしたにちがいない。

真崎は、懐から刑事用携帯電話《ポリスモード》を取り出さなかった。車道の向こう側を眺《なが》めながら、警察車輌と救急車の到着を待つ。

警視庁の刑事総務課には刑事部特別捜査係が何人かいるが、真崎はそのひとりではなかった。非公式に捜査本部事件や未解決事件の支援をしている隠れ刑事だ。

真崎は、およそ一年半前まで本庁捜査一課強行犯《きょうこうはん》捜査殺人犯捜査第六係の係長だった。殺人事件の捜査に携《たずさ》わっているのは強行犯捜査殺人犯捜査係だが、その中でも真崎の敏腕ぶりは目立っていた。

だが、人生には落とし穴が待ち受けていた。真崎はある殺人未遂事件で、担当管理官と対立することになった。

その事件の加害者は、超大物政治家の甥《おい》だった。加害者は殺意をもって、被害者をスパナで幾度も強打した。明らかに殺人未遂事件である。

しかし、上昇志向の強い担当管理官は有力者の圧力に屈《くっ》してしまった。単なる傷害容疑で地検に送致するため、自ら事件調書を改ざんした。

正義感の強い真崎は、そうした不正に目をつぶることはできなかった。内部告発する気になった。その準備中に真崎は罠《わな》に嵌《は》められてしまった。担当管理官に金で抱き込まれたキャバクラ嬢に下着泥棒にされかけたのである。あまりにも卑劣《ひれつ》ではないか。

真崎は担当管理官を人目のない場所に呼び出し、大腰《おおごし》で投げ飛ばした。相手は抵抗する素振りも見せなかった。真崎は柔剣道ともに三段だった。

その不祥事は上層部の判断で、マスコミには伏せられた。だが、当事者の二人にはペナルティーが科せられた。喧嘩両成敗《けんかりょうせいばい》ということだろう。

問題の担当管理官は離島の所轄署に異動になった。ポストは副署長だったが、間違いなく左遷《させん》だ。真崎のほうは、天野勇司《あまのゆうじ》刑事部長預かりの身になった。

五十一歳の天野は有資格者《キャリア》のひとりだが、筋を通す人物だ。いかなる場合も是々非々《ぜぜひひ》主義を貫《つらぬ》く。後輩キャリアの担当管理官を庇《かば》うことはなかった。硬骨漢《こうこつかん》である。

真崎は、天野の右腕である参事官を窓口にして特捜指令をこなしてきた。

しかし、去年の十二月に信頼しきっていた参事官を逮捕することになった。あろうことか、凶悪事件の首謀者だったのだ。まだ結審前だが、元参事官は服役することになるだろう。

新任参事官の峰岸達也《みねぎしたつや》も警察官僚だ。四十四歳で、学者風の容貌である。エリートだが、少しも尊大ではない。

密行捜査には、幾つか特典がある。特別手当等の類《たぐい》は支給されないが、捜査費に制限はない。通常、一件に付き二百万円の捜査費が与えられる。必要なら、ただちに補填《ほてん》してもらえることになっていた。

一般の制服警官には二〇〇六年までニューナンブM60が貸与されていたが、それ以降はS&W《スミス・アンド・ウェッソン》のM360Jという小型回転拳銃が後継銃になった。通称サクラだ。SP、機動捜査隊員、組織犯罪対策部の刑事たちにはシグ・ザウエルP230JPが支給されることが多い。自動拳銃だ。

真崎は、イタリア製のベレッタ92FSを貸与されているが、ふだんは持ち歩いていない。

真崎は専用覆面パトカーとして、黒いスカイラインを使っている。特捜指令が下《くだ》されないときは、毎日が非番と同じだ。登庁する義務はなかった。

基本的には単独捜査なのだが、かつての部下の野中に手助けしてもらっている。そのことは、刑事部長や参事官に黙認されていた。真崎は野中の協力を得て、いままでに十件近い殺人事件を解決に導《みちび》いた。

むろん、表向きは彼の手柄にはなっていない。それでも不満はなかった。真崎は、凶悪犯罪の捜査そのものが好きだった。出世欲はなかった。

真崎は文京区《ぶんきょう》千駄木《せんだぎ》で生まれ育ち、都内の私大を出て警視庁採用の一般警察官《ノンキャリア》になった。

自宅は目黒《めぐろ》区中根《なかね》二丁目にある。数年前に母が亡くなり、少しまとまった遺産を相続したことで建売住宅を購入したのだ。それまでは、妻子と世田谷《せたがや》区の賃貸マンションに住んでいた。

妻の美玲《みれい》は三十六歳だ。ひとり息子の翔太《しょうた》は小学五年生で、サッカーとゲームに熱中している。勉強嫌いだった。妻は息子の行く末を案じているが、真崎は別に気にかけていない。たった一度の人生だ。他人に迷惑をかけなければ、好きなように生きるべきだろう。

千駄木の生家を相続したのは、四つ違いの姉だった。二人きりの姉弟《きょうだい》だ。現在、実家には姉夫婦と二人の姪《めい》が住んでいる。

姉はリベラルな洋画家だ。実弟が国家権力に繋《つな》がる仕事をしていることを恥じている節《ふし》があった。真崎は体制に与《くみ》していると見られているが、特定のイデオロギーには囚《とら》われていない。いわゆる中道だ。

右でも、左でもない。偏《かたよ》った思想に傾くことは窮屈《きゅうくつ》だと考えている。自分の価値観を他者に押しつけるのは独善的だろう。ある意味では稚《おさな》いと言えるのではないか。野暮でもある。真崎は、できるだけ粋《いき》に生きたいと心掛けていた。自分なりのダンディズムだ。

人には、それぞれ生き方がある。それを尊重すべきだろう。

真崎は、権力や権威に擦《す》り寄る者たちは好きになれない。出世欲や金銭欲の強い人間も苦手だった。横柄《おうへい》な成功者は見苦しい。

真崎は警察官だが、別にモラリストではなかった。それどころか、アナーキーな面さえある。狡猾《こうかつ》な犯罪者たちには非情に接していた。犯罪を憎んでいることは確かだが、さまざまな理由で道を踏み外した者たちを蔑《さげす》むことはなかった。人間の弱さと愚かさを知っているからだ。

筋者《すじもの》になった野中とも、以前と同じように親交を重ねている。所轄署刑事のころ、真崎は野中と幾日も連続殺人犯の自宅を張り込んだことがあった。ある夜、張り込みを突破しようとした容疑者が野中を背後から日本刀で斬りつけるような動きを見せた。

真崎は容疑者に体当たりして、野中を庇《かば》った。当然の行動だろう。

だが、野中は真崎を命の恩人と感じたようだ。そうしたことがあったからか、巨漢のやくざは常に捜査に協力してくれている。ありがたい相棒だ。

パトカーのサイレンが近づいてきた。

発砲現場に最初に到着したのは、所轄署の地域課員たちだった。数分遅れて鑑識係が臨場した。その後《あと》、初動捜査を担《にな》っている本庁機動捜査隊の面々が駆けつけた。

真崎はダイニングバーのある通りに引き返し、機動捜査隊の主任に歩み寄った。磯辺《いそべ》という姓で、二つ年下だった。顔馴染《かおなじ》みだ。

「あれ、真崎さんがどうしてこんな場所にいるんです？」

「発砲した奴はおれをどこかの組員と間違えたようで、そこの『エル』というダイニングバーを出たとき、いきなり三発連射してきたんだよ」

「人違いで発砲されたんですか。それは、とんだ災難でしたね。被弾はしなかったんでしょ？」

「ああ。そいつはこっちが素性《すじょう》を明かすと、焦《あせ》って逃走したよ。大通りまで全速力で走って車道を突っ切ろうとしたんだが、コンテナトラックに撥ねられた上に対向車線の車にも弾き飛ばされて……」

真崎は事の経過を語った。

口を結んだとき、磯辺が部下に呼ばれた。磯辺が目顔《めがお》で断ってから、部下のいる場所に走った。二十メートルほど先だった。

真崎は動かなかった。

数分待つと、磯辺が駆け戻ってきた。

「お待たせして、すみません！」

「気にするな」

「実は部下が付近の聞き込みで、真崎さんには連れがいたという目撃証言を得たらしいんですよ」

「いや、連れなんかいなかった」

真崎は内心の狼狽《ろうばい》を隠しながら、野中と飲み喰いした『エル』に視線を向けた。

店先に防犯カメラは設置されていない。並びの飲食店や雑居ビルにも防犯カメラは見当たらなかった。ひとまず安堵《あんど》する。

「真崎さん、本当のことを話してくれませんか。自分の部下は、あなたが組員風の大柄な男と一緒に発砲した犯人を追う姿を複数人が見てるはずだと報告してきたんですよ。連れは誰だったんです？」

「そういえば、『エル』でたまたま相席になった体格《ガタイ》のいい男と相前後して店を出たんだったな。でも、そいつはおれとは逆方向に歩み去ったよ。そんなことで、連れがいたと勘《かん》違いされたんだろうな」

「その話、本当なんですか？」

磯辺が探《さぐ》るような眼差《まなざ》しを向けてきた。真崎はポーカーフェイスを崩さなかった。

「複数の目撃者が同じ嘘《うそ》をつくとは考えにくいんですがね」

「くどいようだが、おれには連れなんかいなかった」

「そうですか」

「三発ぶっ放して逃げた男は、もう生きてないんだろう？」

「ええ、死亡しました」

「身許《みもと》のわかる物は？」

「何も所持してないとのことでした」

「そうか。まともな市民じゃないだろうから、身許はじきにわかるだろう。路上の弾頭と薬莢《やっきょう》を回収すれば、指紋《モン》が出ると思うよ」

「ええ、そうでしょうね。ですが……」

磯辺が言い澱《よど》んだ。

「おれが何か隠してると思ってるのか？」

「そういうわけではないのですが、どうもすっきりとしないいんです」

「不審点が拭《ぬぐ》えないんだったら、改めて事情聴取に応じるよ。いまは先を急いでるんだ」

真崎は早口で言って、磯辺に背を向けた。

磯辺が何か声を発した。真崎は聞こえなかった振りをして、足を速《はや》めた。磯辺の部下が咎《とが》めるような視線を向けてくる。

真崎は黙殺し、大通りの一本手前の脇道に逸《そ》れた。
七、八十メートル進むと、路上駐車中のRV車の陰で人影が揺れた。大阪の極道の仲間が潜《ひそ》んでいたのか。
真崎は立ち止まって身構えた。

影が動く。闇の奥から姿を見せたのは、意外にも野中だった。

「おまえ、まだこのあたりにいたのか⁉ どういうことなんだ？」

真崎は訊《き》いた。

「逃げる生駒を二人で追ったとき、おれ、走りながら、道の両側を目でチェックしたんですよ」

「防犯カメラの設置場所を確認したんだな？」

「ええ、そうです。『エル』の付近に防犯カメラはなかったけど、大通り寄りの飲食店ビルやマンションには防犯カメラが設置されてました」

「で、防犯カメラがある所を訪ね回って、映像を消せと凄《すご》んだんじゃないのか」

「凄んだりしませんよ。おれは低姿勢にお願いしたんです。ただ、堅気じゃないことは付け加えておいたけどね」

　野中がにやついた。

「やんわりと威《おど》したわけか。しょうのない奴だ」

「自分が生駒に撃たれそうになったことを警察に知られてもかまわないけど、現職の真崎さんを巻き込みたくなかった。おれと一緒にいたことを所轄や機捜《きそう》の連中に知られたら、まずいんでしょ？　だから、『エル』の店長にも余計なことを喋《しゃべ》るなって釘をさしておいたんです」

「悪知恵を働かせやがって。おまえは昔、おれの部下だったんだ。『エル』で一緒に飲食してたことが捜査関係者にバレたとしても、別に問題ないさ」

「けど、いまのおれは筋噛《すじか》んでるからね。真崎さんを困らせたくなかったんです」

「そんな気遣《きづか》いは無用だよ。それより、なんか飲み足りないな。どっかで飲み直そう」

「六本木《ろっぽんぎ》の高級クラブに案内します。もちろん、おれが勘定《かんじょう》を持ちますよ」

「昔の部下に奢《おご》られるほど落ちぶれちゃいないぞ」

「それなら、銀座の高級クラブで飲ませてもらうか」

「調子に乗るな。パブで我慢しろ。野中、行くぞ」

真崎は大股で歩きだした。

2

分け入る。

正常位だった。妻の美玲《みれい》がなまめかしく呻《うめ》いた。

真崎は律動《りつどう》を加えはじめた。
六、七度浅く突き、一気に深く沈む。結合が深まるたび、美玲は切なげな声を洩《も》らした。真崎はそそられた。自宅の階下にある和室だ。薄暗い。窓の障子戸《しょうじど》は閉まっている。
野中と痛飲した翌日の午後一時半過ぎだ。息子の翔太はまだ学校から戻っていない。

真崎は特捜指令を受けるようになってから、妻と日中に体を合わせることが多くなった。息子が家にいるときは、どうしても美玲は控え気味になる。悦《よろこ》びの声を嚙《か》み殺すことが多かった。

そんなことで、夫婦は昼間に求め合うようになったわけだ。子供の耳を気にしないでいいからか、美玲は大胆になった。憚《はばか》りなく声をあげ、しどけない痴態《ちたい》も晒《さら》す。

真崎は欲情を煽《あお》られ、情熱的に妻の裸身を愛撫《あいぶ》するようになった。後戯も怠《おこた》らなくなっていた。

　夫婦は昼食後、どちらからともなく求め合った。二週間ほど肌を重ねていなかった。手早くシャワーを浴びてから、二人はダブル幅の蒲団《ふとん》の中で睦《むつ》み合いはじめた。

　真崎は美玲のほぼ全身に口唇《こうしん》を這《は》わせてから、股の間にうずくまった。盛り上がったGスポットを中指で擦《こす》りつつ、敏感な突起を舌で刺激する。

　美玲はわずか数分で、極《きわ》みに駆け上がった。内腿《うちもも》で真崎の頭を挟《はさ》みつけ、リズミカルに体を震わせた。愉悦《ゆえつ》の唸《うな》りは、どこかジャズのスキャットに似ていた。すぐには熄《や》まなかった。

　美玲は呼吸が整うと、むっくりと上体を起こした。真崎の胸板《むないた》を軽く押す。仰向《あおむ》けになれということだろう。

　真崎は身を横たえた。

　すぐに美玲が猛《たけ》ったペニスに唇を被《かぶ》せてきた。舌技に無駄《ロス》はなかった。

　真崎は一段と雄々《おお》しく昂《たか》まった。

　妻はピルを服用している。すぐに体を繋《つな》ぎたくなった。真崎は美玲に獣の姿勢をとらせ、背後から貫いた。その瞬間、白い背が大きく反《そ》った。エロチックな眺めだった。

　真崎は右手で痼《しこ》った陰核《クリトリス》を愛撫し、左手で二つの乳房をまさぐった。乳首も刺激する。そうしながら、真崎は腰を躍動させはじめた。

　美玲の内奥《ないおう》は充分に潤《うる》んでいた。それでいて、少しも緩《ゆる》みはなかった。

真崎は突き、捻《ひね》り、また突いた。

美玲が恥じらいながらも、腰を使いはじめた。二人のリズムは、じきに合った。結合部の湿った摩擦音が八畳間に拡《ひろ》がる。淫靡《いんび》な音だった。

十数分後、二人はほぼ同時に頂《いただき》を極《きわ》めた。

射精感は鋭かった。ほんの一瞬だったが、脳天が白濁《はくだく》した。真崎は背筋に甘やかな痺《しび》れも感じた。美玲は唸《うな》りながら、頭を左右に振った。そういう反応を見せたのは初めてだった。妙に新鮮に映った。

二人は後戯に耽《ふけ》り、またもやシャワーを使った。

美玲は寝具を片づけると、サイフォンでコーヒーを淹《い》れた。夫婦はコーヒーを飲みながら、クッキーを摘《つま》んだ。

居間にある固定電話が鳴ったのは午後四時数分前だった。

美玲がリビングソファから立ち上がり、受話器を取った。すぐに妻は困惑顔になった。遣《や》り取《と》りから察して、電話の相手は息子のクラス担任のようだ。

「これから、すぐに学校にうかがいます」

美玲が恐縮した様子で、静かに受話器をフックに戻した。

「翔太が学校で何かやらかしたようだな？」

「そうなのよ。久しぶりに登校した引き籠《こも》りがちな同級生を廊下でからかった六年生の男の子に注意したら、翔太、蹴飛ばされたんですって。それで、取っ組み合いになったらしいの」

「翔太は泣かされたのか？」

「ううん、逆なの。翔太は上級生に馬乗りになって、二、三発殴ったんだって。そしたら、相手の子は泣きだしたそうよ」

「頼もしいじゃないか。それで、翔太は担任の先生に説教されたんだな？」

「叱《しか》られる前に、泣かした上級生が自分の教室に戻って五人の加勢を引き連れ、翔太のクラスに乗り込んできたらしいの」

「翔太は六人を相手にして、派手な立ち回りを演じたのかな？」

「そうなら、カッコいいわよね。でも、翔太はとても勝ち目がないと判断したみたいで、音楽室に逃げ込んだんだって。すぐに内側から鍵を掛けて、クラス担任が呼びかけても……」

「出てこないのか」

「先に蹴ってきたのは上級生なんだから、自分は謝《あやま》る必要はないって担任の先生に言ったんだって。それで、いじめっ子の六年生が謝りに来るまで音楽室から出ないと言ってるらしいのよ」

「クラス担任は困り果てて、保護者に何とかしてくれと言ってきたのか」

真崎は微苦笑した。

「そうなの。わたし、自転車でちょっと学校に行ってくるわ」

「おれが行こうか」

「急に何か指令が下《くだ》るかもしれないから、あなたは家にいて」

「悪いな」

「いいの、いいの」

美玲は手早く身仕度《みじたく》をすると、急いで出かけた。

真崎はソファに坐ったままだった。コーヒーを飲み干し、セブンスターをくわえた。火を点《つ》け、深く喫《す》いつける。

一服し終えて間もなく、コーヒーテーブルの上に置いた刑事用携帯電話《ポリスモード》が着信音を発した。真崎はポリスモードを摑《つか》み上げた。

ディスプレイを見る。発信者は天野刑事部長だった。

「真崎君、きみの出番だ」

「どんな事件《ヤマ》なんでしょう？」

「二月中旬に代々木《よよぎ》署管内で、家屋解体請負会社を経営してた五十代の男が自宅近くの路上で殺された」

「ええ、記憶に新しいですね。確か代々木署に設置された捜査本部《チョウバ》には殺人犯捜査七係が投入されたんじゃなかったですか」

「そうなんだ。しかし、第一期捜査の一カ月が過ぎても、被疑者は割り出せなかった。二期目には九係が追加投入されたんだが、捜査はほとんど進展してないんだよ」

「そうですか」

「いまは自宅かな？」

「ええ、そうです」

「できるだけ早く登庁してもらえないだろうか」

「わかりました」

真崎は電話を切ると、洗面所に向かった。髭《ひげ》を剃《そ》って、二階の自室に駆け上がる。真崎は着替えをすると、ウォークイン・クローゼットに入った。隅に置いてある金庫からベレッタ92FSとショルダーホルスターを取り出し、手早く装着する。そして上着の前ボタンを掛けてから、黒いパーカを羽織《はお》った。

真崎は階下に降《お》り、妻にメモを残して慌《あわ》ただしく自宅を出た。近くの目黒通りまで歩き、タクシーを拾う。

桜田門《さくらだもん》にある警視庁本庁舎に着いたのは、およそ四十分後だった。

真崎は低層用エレベーターで六階に上がった。函《ケージ》を出てから、あたりをうかがう。六階には刑事部長室、捜査一課、組織犯罪対策部の刑事部屋などがある。

エレベーターホールにも通路にも人の姿は見当たらない。真崎は歩きながら、パーカを脱いだ。ほどなく刑事部長室に達した。

真崎はドアをノックして、大声で名乗った。天野刑事部長の声で応答があった。入室する。

ドア寄りに置かれた八人掛けのソファセットに天野と峰岸参事官が坐っていた。職階は天野が警視長で、峰岸は警視正だ。参事官は手前のソファに腰かけている。

「失礼します」

真崎は天野に一礼し、峰岸参事官のかたわらに着席した。

「急に呼集《こしゅう》をかけて悪いな。何か約束でもあったんじゃないのかね?」

天野が問いかけてきた。警察関係者は、召集を呼集と言い換《か》えている。

「特に約束はありませんでした。家で寛《くつろ》いでたんですが、少し退屈しはじめたところでした」

「それじゃ、いつものように隠れ捜査に励《はげ》んでもらおう。早速《さっそく》だが、まず捜査資料に目を通してくれないか」

「はい」

真崎は峰岸に顔を向けた。

参事官が心得顔で青いファイルを差し出す。

真崎は最初に事件の概要を頭に叩き込んだ。刺殺事件は二月十二日の夜に起こった。被害者は家屋解体請負会社『共進興業《きょうしん》』の代表取締役の沼部《ぬまべ》努《つとむ》、五十八歳だ。沼部は渋谷《しぶや》区代々木三丁目にある自宅マンション近くの路上で何者かに心臓部を刃物で貫かれて殺害された。凶器は現場に遺留《いりゅう》されていなかったが、刃渡り十七センチ前後のサバイバルナイフと推定されている。

司法解剖の結果、死亡推定日時は二月十二日午後十時から翌十三日午前零時の間とされた。代々木署刑事課と機動捜査隊が初動捜査に当たったが、有力な手がかりは得られなかった。

犯行を目撃した者はいなかった。事件現場は住宅街で、深夜の人通りは少ない場所だった。現場の五十メートル周辺の民家には一台も防犯カメラは設置されていなかった。また、事件現場付近で人の争う声を耳にした住民もいない。通り魔殺人だったのか。

真崎は、ファイルの表紙とフロントページの間に挟《はさ》まれた鑑識写真の束《たば》を手に取った。カラー写真は二十葉《よう》以上はありそうだ。

被害者は路上にくの字に横たわっている。胸部を刺されて頽《くずお》れ、横に倒れ込んだのだろう。血溜《だ》まりは小さくない。犯人が刃物を引き抜いたとき、傷口から血が噴《ふ》き出したと思われる。路面には、血痕が点々と散っていた。

真崎は見終わった鑑識写真をコーヒーテーブルの上に置き、捜査資料をじっくりと読みはじめた。

第一期捜査で、被害者が同業者の代山伸昭《しろやまのぶあき》、六十一歳に恨《うら》まれていたことが明らかになった。殺された沼部は代山が社長を務める『代山産業』の営業部長に金を握らせ、ライバル会社に解体見積りをさせた客を横奪《ど》りしていたのだ。『共進興業』は『代山産業』よりも解体費用を二割も安く請け負っていた。

代山は元やくざで、気性《きしょう》が荒い。捜査本部は代山が昔の弟分の浜畑譲次《はまはたじょうじ》、四十七歳と事件前にレストランの個室《コンパートメント》で密談していた事実を摑《つか》んでいた。代山が浜畑に沼部努を始末させたのではないか。

捜査本部はそう筋を読んだが、その推測は外れた。

浜畑には、れっきとしたアリバイがあった。事件当夜は沖縄《おきなわ》にいた。被害者を恨んでいた代山のアリバイも立証された。数日前からハワイに滞在していた。

どちらも実行犯ではあり得ない。だが、殺人教唆《きょうさ》の疑いは拭《ぬぐ》えないわけだ。

捜査本部は代山と浜畑の周辺の人間を調べ上げた。しかし、どちらかに沼部殺しを頼まれた者はいなかったようだ。

捜査資料には、被害者の経歴も詳《くわ》しく載《の》っていた。愛知《あいち》県出身の沼部は都内にある私大の二部を卒業すると、大手スーパーに就職した。生鮮食品のバイヤーとして活躍していたが、女性問題のスキャンダルで降格されてしまった。

腐った沼部は退職し、自らスーパーマーケットの経営に乗り出した。まとまった貯《たくわ》えがあったわけではない。妻の靖代《やすよ》の実家の広い土地を担保にさせてもらい、開業資金を工面《くめん》したのだ。

店は東急大井町線《とうきゅうおおいまち》の大岡山《おおおかやま》駅近くに開いた。十六年前のことである。立地条件がよかったせいで、年ごとに売上高はアップした。

ところが、十二年前に近くに大型スーパーマーケットが進出したことで売上は激減してしまった。沼部は離れた客を取り戻したい一心で、採算を度外視した特売品を大幅に増やした。

それによって、客は戻りはじめた。しかし、あまり儲《もう》けは出なかった。沼部は商品納入業者にバックリベートを要求するようになった。それでも、経営は苦しくなる一方だった。

沼部は、苦し紛《まぎ》れに商道に悖《もと》ることをしてしまった。賞味期限の迫った食品を安売りし、その中に廃棄処分にしなければならない商品も故意に紛《まぎ》れ込ませたのだ。そのことが発覚し、店の評判を落とすことになった。

そうした経緯《けいい》があって、沼部の店は倒産に追い込まれた。経営者は三億七千万円の負債を抱《かか》えて自己破産した。その少し前に沼部は離婚している。

連日連夜、自宅に押しかけてくる債権者に怯《おび》える妻とひとり息子を見かねて被害者は家族と別れる決意をしたのだろう。神奈川《かながわ》県内にあった妻の実家の土地と家屋は、抵当権を設定した銀行に取られてしまった。沼部は、そのことでも靖代に済まないと思っていたにちがいない。

靖代は離婚して、旧姓の尾形《おがた》に戻った。現在、五十四歳だ。ひとり息子の剛《つよし》も尾形姓になった。ちょうど三十歳の尾形剛はIT関係のベンチャー企業に勤め、母と一緒に洗足池《せんぞくいけ》にある賃貸マンションで暮らしている。

「被害者《マルガイ》は、裏表のある男だったようだな」

天野刑事部長が口を開いた。真崎は捜査資料から顔を上げた。

「そうなんですか」

「聞き込みの相手によって、人物評がまるで違うんだよ。沼部のことを好人物だと誉《ほ》める者がいる一方、金銭欲が強くて厭《いや》な奴だったと吐き捨てた者もいた」

「メリットのある相手には腰が低く、利用価値のない者には冷淡に接してたんでしょうか」

「多分、そうだったんだろう。殺害された沼部は金だけでなく、女好きだったようだ。何度も浮気を重ねて、妻を悩ませつづけてたみたいだな」

「事業を興《おこ》すとき、妻の実家の土地を担保にさせてもらってます。身勝手で、厚かましい男だな」

「ああ、そうだね。奥さんや倅《せがれ》に愛想を尽かされても仕方ないだろう」

「被害者はエゴイストだったんでしょう」

「それは間違いなさそうだ。だから、敵は多かったんではないかな」

天野が言った。峰岸参事官が相槌《あいづち》を打つ。

真崎は、ふたたび捜査資料に目を落とした。

沼部が自己破産したことで、連鎖倒産させられた納入業者がいた。捜査本部は捜査が第二期に入ると、元食品卸問屋社長の伊丹秋生《いたみあきお》、五十九歳を捜査対象者にした。

伊丹は家族と離別し、九年半前から夜間警備員で糊口《ここう》を凌《しの》いでいる。羽振りのよかった時代を思い出すたびに、沼部に対する恨みを募《つの》らせていたのではないだろうか。何か仕返しする気になったとも疑えなくはない。

捜査本部は伊丹をマークした。しかし、伊丹が沼部の殺害に関与している様子はうかがえなかった。

沼部は自己破産後、便利屋で生計を立てるようになった。老朽化した安アパートで暮らしながら、せっせと仕事に励《はげ》んだ。それでも、かつかつの暮らしだった。

転機が訪れたのは五年前である。沼部は資産家の未亡人の依頼で、庭の雑草取りを引き受けた。炎天下にもかかわらず、無心に雑草を取り除いた。

未亡人は誠実な仕事ぶりに感心し、その後もさまざまな雑用を頼んだ。沼部は頼まれごとを完璧にこなし、信用を得た。女好きの被害者は、色っぽい未亡人を口説く気があったようだ。

やがて、二人は親密な仲になった。おそらく沼部は性技に長《た》けていて、未亡人を蕩《とろ》かしたのだろう。そして、自分が元スーパー経営者だと未亡人の日下麗子《くさかれいこ》に打ち明けたのではないか。

麗子は沼部に再起のチャンスを与える気持ちになったらしい。沼部は麗子を役員にするという条件で、家屋解体請負業に転じた。従業員六人でスタートした会社だが、急成長して三年後には五十数人の解体作業員を抱えるようになった。

『共進興業』の年商が右肩上がりになると、沼部は麗子に隠れて女遊びをするようになった。関係のあったホステスや人妻を捜査本部は調べた。しかし、事件に絡《から》んでいると思われる女性はいなかった。

沼部と麗子の間に、金銭か愛情の縺《もつ》れがあったのではないか。担当管理官はそう考え、捜査班の面々に麗子のことを徹底的に調べさせた。

現在、四十六歳になる麗子が出資した五千万円は一年数カ月前にそっくり返済されていた。役員報酬もきちんと払われている。金を巡るトラブルはなかったようだ。

被害者と麗子は内縁の関係をつづけていたが、異性に関する揉《も》めごとはなかったらしい。麗子は時々、若い男と戯《たわむ》れていたようだ。浮気し合っていたカップルなら、本気で嫉妬に狂うようなことはなかっただろう。

　麗子は沼部の自宅マンションに週に二日は泊まり、手料理をこしらえていた。だからといって、沼部一筋だったわけではなかったはずだ。

　そう考えると、愛情の縺れはなかったのだろう。少なくとも、未亡人は実行犯ではない。れっきとしたアリバイがあった。

「捜査が甘かったのかな」

　天野が呟《つぶや》いた。真崎はファイルを閉じた。

「そうなんでしょうか」

「きみが来る前に参事官と筋読みをしてたんだよ」

「どう筋を読まれたんです？」

「二人とも、沼部とライバル関係にあった代山が臭いと睨《にら》んだんだ」

「確か代山にはアリバイがありましたよね」

「そうなんだが、殺人教唆の疑いは完全に消えたわけじゃない」

「ええ。その筋の人間だった代山伸昭が被害者に客を奪われたのですから、何らかの報復を企《たくら》んだとしても不思議ではありませんね」

「そうだな。元やくざが素《す》っ堅気《かたぎ》の同業者に虚仮《こけ》にされたら、頭にくるにちがいない。沼部に金を貰って客の情報を流してた『代山産業』の営業部長だった橋爪徹《はしづめとおる》、四十八歳は一月下旬に正体不明の男に木刀でめった打ちにされて脳挫傷《のうざしょう》を負い、いまも昏睡《こんすい》状態なんだ」

「その橋爪のことは捜査資料に記述されていましたが、暴漢に襲われた事件の調書は抜けてましたね」

「そうだったかな。担当管理官には事件調書をすべて揃《そろ》えるよう峰岸参事官を介して指示しておいたんだが……」

「刑事部長のご指示を管理官にそのまま伝えたんですが、申し訳ありません。わたしのチェックに不備があったことをお詫《わ》びします」

峰岸が謝罪した。

「ま、いいさ。たいしたミスじゃない。あまり気にしないでくれ」

「以後、気をつけます」

「橋爪を痛めつけたのは、代山に雇《やと》われた無法者《むほうもの》なんじゃないだろうか。営業部長が会社の情報を同業者の沼部に渡してたんだから、それこそ裏切り行為だ」

天野刑事部長が真崎に顔を向けてきた。

「ええ、そうですね」

「背信行為に及んだ社員に対する怒りもあっただろうが、代山は客を横奪りした沼部にはもっと腹を立ててたんじゃないかね。自分が暴漢を雇ったんでないとしたら、代山はかつて舎弟《しゃてい》だった浜畑に命じて誰かに橋爪を襲わせたんだろうな」

「その疑いはゼロじゃないでしょう」

「浜畑は兄貴分だった代山にはだいぶ世話になったようだから、何か頼まれたら、断れないだろうな」

「ええ、そうでしょう。資料によると、浜畑は首都圏で四番目に勢力を誇る龍門会《りゅうもんかい》の中核組織の田所組《たどころぐみ》の幹部のひとりですね。末端の組員に橋爪を木刀でぶっ叩かせたのかもしれないな」

「浜畑が直《じか》に手を汚すとは思えないから、そうだったんだろう。橋爪とは面識もないはずだから、もちろん代山に頼まれて……」

「ええ、そうだったとも考えられますね」

「代山は昔の舎弟を呼びつけて、客を横奪りした沼部も流れ者にでも片づけさせろと命じたんじゃないのかな。捜査本部は代山と浜畑の二人はシロと断定したんだが、どうもすっきりしないんだ」

「そうですか」

「無駄になるかもしれないが、真崎君、二人を少し揺さぶってみてくれないか」

「了解です」

真崎は短く応じた。峰岸参事官が捜査費入りの蛇腹《じゃばら》封筒を差し出した。

「いつものように二百万円入ってる。領収証は必要ない。情報を金で買っても、いっこうに差し支《つか》えないからね」

「はい」

「これは、地下三階の車庫に駐《と》めてある真崎君専用のスカイラインの鍵《キー》だ。別働隊の者が整備済みだから、別に問題はないだろう」

「助かります」

「やくざ関係者を揺さぶるんだから、丸腰で聞き込みをするのは危険だな」

「ベレッタを携行しています。それでは、すぐに任務に取りかかります」

真崎は鑑識写真をファイルに挟み込むと、捜査費と専用覆面パトカーのキーを受け取った。

「大変だろうが、よろしく頼む」

天野が軽く頭を下げた。真崎は大きくうなずき、ソファから立ち上がった。

3

事件現場に到着した。

真崎はスカイラインを路肩《ろかた》に寄せた。代々木三丁目の住宅街はひっそりと静まり返っている。

真崎は車を降りた。沼部が刺された場所の見当はついた。鑑識写真の何葉《なんよう》かに、背景がくっきりと写っていたからだ。

特捜指令が下ると、まず犯行現場に足を運ぶ。真崎は、それを習わしにしていた。別に遺留品の見落としがあったかもしれないと考えていたわけではない。犯行現場に立つと、被害者の無念が伝わってくる。同時に、事件の真相に早く迫りたくなる。士気を鼓舞《こぶ》したかったのだ。

沼部が絶命した場所は、四十メートルほど先だった。

真崎はそこまで進み、屈《かが》み込んだ。しばし合掌《がつしよう》する。真崎は瞼《まぶた》を開け、路面を眺《なが》め回した。当然ながら、事件の痕跡はもううかがえない。

真崎は立ち上がって、通りを行きつ戻りつした。捜査資料通り、犯行現場の五十メートル周辺には防犯カメラは設置されていなかった。地取り捜査に手抜かりはなかったようだ。

真崎は専用覆面パトカーに乗り込み、ただちに発進させた。

道なりに百数十メートル進むと、被害者が借りていた『代々木レジデンシャルコート』があった。真崎は車を路上に駐《と》め、賃貸マンションのアプローチをたどった。

六階建ての洒落《しやれ》た建物だが、出入口はオートロック・システムにはなっていなかった。

沼部は五〇一号室を借りていた。

真崎はエントランスロビーに入り、五階に上がった。念のため、各室の入居者に素姓を明かして再聞き込みをしてみた。だが、新情報は得られなかった。

事件前に五〇一号室の様子をうかがう不審者を見かけた者は皆無《かいむ》だった。マンション近辺で怪しい車を目撃したという証言も得られなかった。

真崎はスカイラインの運転席に戻ると、青いファイルを開いた。

龍門会田所組の事務所は、新宿区歌舞伎町《しんじゅくくかぶきちょう》二丁目にある。浜畑譲次の自宅は、中野区《なかのく》東中野にあった。捜査資料には、双方の固定電話の番号が記《しる》されている。浜畑の顔写真も貼付《ちょうふ》してあった。

真崎は私物のスマートフォンを上着の内ポケットから取り出した。まず田所組に電話をかける。

受話器を取ったのは若い男のようだった。声から推測したのだ。

「理事の佐藤《さとう》だが、浜畑はいるか？」

真崎は、ありふれた姓を騙《かた》った。際《きわ》どい賭《か》けだったが、佐藤姓の理事はいるようだ。

「どうもご無沙汰《ぶさた》しております。有馬《ありま》です」

「おう、変わりねえか？」

「はい。理事、お声がいつもと違うようですが……」

　有馬と称した相手が訝《いぶか》しんだ。

「先月、声帯ポリープの手術を受けたんだよ。そのせいか、声が若々しくなったって女房に言われた。どうだい？」

「ええ、確かに。それで、声の感じが違ってたんですね」

「そうなんだろうよ。そんなことより、浜畑は組事務所に出てるのか？」

「まだ東中野の家《ヤサ》にいるはずですが、六時前後には事務所に顔を出すって言ってました」

「そうかい」

「佐藤理事、何か問題でもあったんですか？」

「ああ、ちょっとな。おまえ、組の幹部だった代山伸昭のことを知ってるかい？」

　真崎は鎌をかけた。

「面識はありませんが、お名前は存じ上げています。武闘派として鳴らしたそうですね？」

「ああ、そうだったな。代山はだいぶ前に足を洗って、家屋解体請負会社を設立したんだ。弟分だった浜畑は、代山に目をかけられてたんだよ」

「そうなんですか。そこまでは知りませんでした」

「そんなことでな、どうも浜畑は代山に頼まれて犯行《ヤマ》を踏んじまったみてえなんだよ」

「浜畑さんは何をやったんです？」

「まだ事実かどうか未確認なんだから、他言するなよ」

「は、はい」

「代山が経営してる会社の橋爪とかいう営業部長が『共進興業』という同業の社長に金を握らされて、顧客情報を流してたみてえなんだよ。『代山産業』は客を横奪《ど》りされたわけだ。で、代山は裏切り者の橋爪を一月下旬に木刀でぶっ叩いて重傷を負わせたかもしれねえんだよ」

「佐藤理事、その話は誰から……」

「裏社会専門の弁護を引き受けてる先生から教えてもらった話だから、虚偽情報《ガセネタ》なんかじゃねえだろう」

「そうでしょうね」

「おまえ、そのあたりのことを知らねえか？」

「おれは、いいえ、わたしは何も聞いてません」

「そうかい」

「理事、代山さんの会社の橋爪という営業部長は浜畑さんに木刀で殴打されたと警察に言ってるんですか？」

有馬が訊いた。

「橋爪は脳挫傷を負って、いまも意識不明なんだよ。だから、浜畑に襲われたと言ったわけじゃねえんだ。でもな、弁護士先生は浜畑が恩のある代山に頼まれて、橋爪って男を痛めつけたんだろうって言ってる」

「浜畑さんは幹部のひとりですから……」

「てめえで犯行《ヤマ》は踏んだりしないか?」

「と思います。その事件に浜畑さんがタッチしてるとしたら、若い衆の誰かにやらせるんじゃないですか?」

「そうか、そうだろうな。おまえ、誰か思い当たる奴はいないか?」

「浜畑さんは何人か目をかけてますけど、その中の誰かはわかりません」

「賢い答え方するじゃねえか」

「理事、本当に思い当たる先輩がいないんですよ。どうか信じてください」

「ま、いいさ。浜畑は舎弟の誰かに橋爪って男を痛めつけさせただけじゃなく、そいつに殺人《コロシ》をやらせてるかもしれねえんだ」

真崎は、さらに探りを入れた。

「えっ⁉」

「代山は橋爪を抱き込んで客を横奪《ど》りしたライバル会社の沼部社長にも腹を立ててたにちがいねえ」

「ええ、頭にきてたでしょうね」

「浜畑は代山に世話になった借りがあるから、代理殺人も引き受けざるを得なかったんじゃねえのかな。けど、浜畑が二月中旬のある夜、沼部を刺し殺したんじゃないのは確かだ。事件当日、浜畑は沖縄にいたんだからな」

「浜畑さんは舎弟のうちの誰かに沼部という代山さんの商売敵《がたき》を始末させたんですかね？」

「そうだったとしたら、実行犯はいずれ殺人容疑で捕まっちまう。浜畑は殺人教唆《きょうさ》容疑で検挙《アゲ》られるだろう」

「そうでしょうね」

「浜畑が危《ヤバ》いことをしてたら、高飛《ジャンプ》びさせたほうがいいと思ったんだ」

「実行犯も一緒にジャンプさせるんですね？」

有馬が確かめた。

「そうなるだろうな。おれが喋ったこと、まだ誰にも喋るんじゃねえぞ」

「わ、わかってます」

「いい子だ」

真崎は電話を切った。数秒後、着信音が響いた。

発信者は野中だった。

「昨夜《ゆうべ》はご馳走《ちそう》になりました。今夜は、おれに奢《おご》らせてほしいな。六本木に和風クラブができたんだ。ホステスは全員、着物姿なんですよ。もちろん、ノーパンです」

「つき合いたいとこだが、特捜指令が下ったんだ」

　真崎は詳しいことを語った。

「田所組にいたころの代山は、相当な荒くれ者だったらしいですよ。伝説になってる武勇伝はおれの耳にも入ってたな」

「そうか」

「狂犬そのものだったみたいだけど、かわいがってた娘たちには優しかったようなんです。二人の娘がやくざの子と指差されてることに心を痛めて、足を洗ったらしいんです」

「武闘派やくざだった代山も人の親になったときから……」

「人間らしさを取り戻したんでしょう。でも、根は外道《げどう》のはずですよ。だから、堅気《ネス》の沼部努に客を横奪りされたら、冷静さを失っちゃうだろうな」

「刑事部長と参事官は、代山が昔の弟分の浜畑に裏切り者の橋爪徹を懲《こ》らしめ、さらに沼部を葬《ほうむ》ってくれと頼んだんではないかと筋を読んでるようなんだ。野中、おまえはどう思う？」

「そう疑えるでしょうね。代山と浜畑にはアリバイがあるって話だったから、実行犯は田所組の末端の構成員だったんじゃないのかな」

「そういうパターンはよくある。そうだったのかもしれない。いや、待てよ。田所組の若い者《もん》に犯行《ヤマ》を踏ませたら、足がつきやすいな」

「ええ、そうですね」

「浜畑は、絶縁状を全国の親分衆に回された元組員を実行犯に選んだんだろうか。それとも、不良外国人に汚れ仕事をさせたのかな。金に困ってる不法滞在者はいるはずだ」

「どちらとも考えられますね。真崎さん、田所組の事務所の近くにいるの？　だったら、そっちに行きますよ」

「まだ代々木の事件現場にいるんだ。これから田所組の組事務所に行って、浜畑を揺さぶってみようと思ってるんだよ」

「どんな手を使うつもりなんです？」

野中が問いかけてきた。

「犯罪ジャーナリストを装《よそお》って、浜畑に探りを入れようと考えてる」

「それじゃ、素直に口を割ったりしないでしょ？　関西の最大組織をバックにしてる強請《ゆすり》屋《や》に化けて、脅迫したほうがいいんじゃないかな。悔しいけど、関東やくざは神戸連合会とまともにぶつかることを避けてる。浜畑も事を構える気にはならないでしょ？」

「代山に頼まれたことを浜畑がやったとしたら、空とぼけることはないかもしれない。しかし、おれは現職の刑事なんだ。最大組織の威《い》を借るような真似はできない」

「それは、そうですよね。だけど、ひとりで浜畑を揺さぶるのは危《ヤバ》いな。おそらく拳銃《ドウグ》を持ち歩いてるだろう。真崎さん、おれと二人で浜畑を追い込みましょうよ」

「おれもベレッタを呑《の》んでる。浜畑が発砲する気配を見せたら、正体を明かすから。おまえは裏のネットワークを使って、代山に関する情報を集めてくれないか。ひょっとしたら、代山自身が流れ者を雇ったのかもしれないからな」

「そういうことも考えられますね。代山は北海道か九州から流れてきた一匹狼に橋爪を痛めつけさせ、それから沼部を亡き者にさせた疑いもあるでしょ？」

「そうだな」

「すぐに代山に関する情報を集めてみます」

「よろしく！」

真崎は通話を切り上げ、スカイラインのエンジンを始動させた。シフトレバーをＤ《ドライブ》レンジに入れ、アクセルペダルを踏み込む。

龍門会田所組の本部事務所を探し当てたのは二十数分後だった。

組長の持ちビルだ。八階建てだが、間口《まぐち》は広くない。外壁はベージュだが、一階と二階の窓半分は鉄板で覆《おお》われている。

防犯カメラは四台も設置されていた。ビルの前には、これ見よがしに黒塗りのベントレーが駐《と》めてある。代紋《だいもん》は掲《かか》げられていないが、ひと目で暴力団事務所とわかる。

本部事務所は、さくら通りに面していた。花道《はなみち》通りの数十メートル手前だった。

真崎はいったん本部事務所を素通りし、ひと回りしてスカイラインを脇道の端に停止させた。セブンスターを一本喫《す》ってから、ごく自然に車を降りる。

午後五時半過ぎだった。陽《ひ》は大きく傾いていたが、まだ夕闇は漂《ただよ》っていない。

真崎はさくら通りに出て、物陰に身を潜《ひそ》めた。田所組の本部事務所から二十数メートル離れた場所だった。防犯カメラには映らない死角だ。

靖国《やすくに》通りの方向から浜畑譲次が肩をそびやかして歩いてきたのは、午後六時数分前だった。捜査資料の顔写真より幾分、老《ふ》けて見える。

ずんぐりとした体型で、頭髪は短く刈り込んでいた。凶暴そうな顔つきで、眉《まゆ》が濃い。髭《ひげ》の剃《そ》り痕《あと》も黒々としている。

「失礼ですが……」

真崎は言いながら、浜畑の行く手に立ちはだかった。浜畑が足を止め、顔をしかめた。

「なんのつもりでえ？」

「わたし、犯罪ジャーナリストなんです」

「おれにどんな用があるんだ？　早く言いな」

「あなた、昔の兄貴分の代山伸昭に何か頼まれませんでした？」

「代山だって？」

「とぼけないでくださいよ。『代山産業』の社長の代山のことです」

「呼び捨てにするんじゃねえ。おれは、代山さんに恩義があるんだ」

「空とぼけるつもりが、うっかりボロを出してしまいましたね」

「てめえ、何者なんでえ？」

「以前は、強行犯係の刑事でした。あなたに傷害と恐喝の前科《マエ》があることはわかっています」

「前科《マエ》しょってたら、往来を歩いちゃいけねえって法律でもできたのかっ」

「いきり立たないでくださいよ。ちょっと取材に協力してほしいだけなんですから」

「なんで取材に協力しなくちゃならねえんだよ。ふざけんじゃねえ！」

「協力しないと、あんたと代山は手錠《ワッパ》打たれることになるぞ」

真崎は口調を変え、浜畑を見据えた。

「刑事上がりの犯罪ジャーナリストか何か知らねえけど、初対面の相手にそんな口のきき方があるかよっ」

「犯罪者には敬語を使わない主義なんだよ」

「おれが何をしたってんだ？」

「あんたは世話になった代山に頼まれ、『代山産業』の営業部長の橋爪徹を木刀でぶっ叩いたんじゃないのか。え？」

「おれは、そんなことしてねえ」

「それなら、代山は田所組の末端組員に橋爪を痛めつけさせたんだろうな。脳挫傷でいまも意識不明の橋爪は商売敵《がたき》の『共進興業』の沼部社長に金で抱き込まれ、顧客情報を流してた。代山にしてみれば、飼い犬に手を咬《か》まれたようなものだ」

「なんの話か、おれにはさっぱりわからねえな。どけよ、おら！」

浜畑が突き進んでくる。

真崎は、やや腰を落とした。そのとき、浜畑が急に背を見せた。通行人を突き倒しながら、五十メートルあまり疾走した。

すぐに真崎は追いかけた。距離が縮まりはじめる。

浜畑は逃げ切れないと思ったらしく、五階建ての古い雑居ビルに駆け込んだ。真崎も同じビルの中に走り入った。

浜畑は一階と二階の間にある踊り場に駆け上がり、共同トイレに逃げ込んだ。大便用のブースに入り、急いで内鍵を掛けた。利用者の姿はなかった。

「何か悪い物を喰《く》って腹が痛くなったのかな」

真崎は茶化して、ドアを蹴りはじめた。

いくら蹴っても、浜畑は内鍵を外そうとしない。真崎はいったん共同トイレから出て、踊り場で数分遣《や》り過ごした。と、浜畑がブースから静かに出てきた。

真崎は共同トイレに逆戻りし、棒立ちになっている浜畑に体当たりを喰《く》らわした。浜畑は奥の腰タイルにぶつかり、尻《しり》から床に落ちた。

真崎は接近した。

浜畑が懐《ふところ》に手を滑《すべ》り込ませた。摑み出したのは小型二連拳銃《デリンジャー》だった。

「この野郎、撃《ハジ》くぞ」

「銃刀法違反だな。実はな、現職の刑事なんだよ」

「嘘《うそ》つくんじゃねえ」

「いま、警察手帳を見せてやろう」

真崎は上着の内ポケットに手を突っ込んだ。

ほとんど同時に、浜畑がデリンジャーの引き金を絞った。銃声は小さかった。放たれた銃弾は、真崎の脚《あし》の間を抜けて背後のタイルに着弾した。

すかさず真崎は、浜畑の右の肩口を蹴りつけた。デリンジャーが床に落ち、数十センチ滑走する。

「正当防衛だぞ」

真崎は言ってから、連続蹴りを見舞った。

狙ったのは胸部と腹部だった。浜畑がむせながら、四肢《しし》を縮める。

真崎はヒップポケットからハンカチを抓《つま》み出し、デリンジャーを包み込んだ。その銃口を浜畑の側頭部に押し当てる。

「こっちの質問に素直に答えないと、そっちのデリンジャーを暴発させるぞ」

「本気じゃねえよな？」

「甘いな」

「おい、撃つな！　引き金《トリガー》を絞らねえでくれーっ」

「そっちが口を割れば、殺したりしない。恩義のある代山に頼まれたんで、そっちは誰かに裏切り者の橋爪を木刀でめった打ちにさせたんじゃないのか。え？」

「そ、それは……」

「死んでもいいという気持ちになったようだな」

「違う、違うよ。代山さんに会社の営業部長を半殺しにしてくれって頼まれたんで、泊《とまり》周平《しゅうへい》って二十一の準構成員にやらせたんだ」

「その泊《とまり》って奴が、『代山産業』の客を横奪りした沼部努《ど》を刃物で刺し殺したのか？」

「おれはそんなことはさせてねえ。泊は犯行《ヤマ》を踏んだ翌日、フィリピンのセブ島に渡ったんだ。まだ向こうにいると思うよ」

「代山は、沼部をかなり恨んでたんだろ？」

「ああ、ものすごく怒ってたよ。だけど、代山さんは誰かに『共進興業』の社長を消させてなんかいねえだろう」

「そっちに内緒で殺し屋《プロ》を雇ったのかもしれない。代山は、自分の会社にいるんだろうな」

「長女一家と伊豆《いず》の下田《しもだ》にきのう出かけたよ。明日、東京に戻ると言ってたが、宿泊先までは聞いてねえんだ」

「そうか」

「おれを見逃してくれねえか。頼むよ。それなりの礼はすらあ」

「泊《とまり》って準構成員は、そっちに指示されて橋爪徹に暴行した。暴行教唆容疑は免《まぬが》れられないな」

「二百万で裏取引しねえか」

「おれを見くびるな」

「三百でどうだい？」

浜畑が粘《ねば》った。

真崎は嘲笑《ちょうしょう》し、浜畑の腹を思うさま蹴った。アンクルブーツの先が深くめり込む。浜畑が動物じみた声を発し、体を左右に振った。

真崎は押収したデリンジャーを上着のポケットに納め、官給された刑事用携帯電話《ポリスモード》を取り出した。峰岸参事官に連絡する。

スリーコールで、通話可能状態になった。真崎は経過を伝え、別働隊に浜畑の身柄を引き取りに来てほしいと依頼した。

4

別働隊の灰色のエルグランドが遠ざかった。

後部座席の浜畑は前手錠を打たれていた。真崎は浜畑の身柄を引き渡す際《さい》、押収したデリンジャーを別働隊の隊長に預けた。

浜畑は別働隊の取り調べを受けた後《あと》、所轄の新宿《しんじゅく》署に移送されるだろう。所持・発射による銃刀法違反だけではなく、泊周平に橋爪徹を襲わせたことで暴行教唆容疑で地検に送致されるはずだ。セブ島に潜伏中らしい泊も、近日中に逮捕されるだろう。

真崎は体を反転させて、スカイラインの運転席に乗り込んだ。エンジンを始動させたとき、野中から電話がかかってきた。

「真崎さん、代山は東京にいないようです。きのうから伊豆に行ってるらしいんだ」

「そうだってな。長女一家と下田に滞在してるそうだよ」

「なんで知ってるんです⁉」

「浜畑をちょいと痛めつけたんだ」

真崎はそう前置きして、事の経過を教えた。

「浜畑が準構成員の泊って野郎に『代山産業』の営業部長を木刀でめった打ちにさせたの

か。代山は、スパイめいたことをしてた橋爪を勘弁できなかったんでしょうね」

「そうなんだと思うよ、自分の会社の社員に欺《あざむ》かれてたわけだから」

「ひょっとしたら、泊って奴が沼部努《つとむ》を殺ったんじゃないのかな。真崎さん、どう思います？」

「代山が本気で沼部をこの世から抹殺《まっさつ》したいと思ってたとしたら、もっと強《したた》かな犯罪者を実行犯に選ぶだろう。準構成員の泊じゃ、いかにも心許《こころもと》ないじゃないか」

「そう言われると、確かにそうですね。浜畑は沼部殺しの犯人《ホシ》を知ってたとしても、代山を庇《かば》って絶対に口を割らないでしょう」

「だろうな」

「武闘派やくざだった代山伸昭は、正攻法じゃ落ちそうもありませんね。長女と四歳の孫の男の子をすごくかわいがってるという話だから、おれが代山の娘と孫を引っさらって軟禁してもいいですよ」

「そういう手を使えば、代山を追い込むことはできるだろう。しかし、そのやり方はアンフェアだな。代山が捜査本部事件に関わってたとしても、娘や孫を人質に取ることはできないよ」

「なら、代山から子供のように大事にしてる飼い犬のドーベルマンを引っさらっちまうか。愛犬を囮《おとり》にすりゃ、代山は焦《あせ》って指定した場所にやってくるでしょう。そしたら、おれが少し痛めつけますよ。若いころは暴れん坊だったとしても、もう代山は六十過ぎなんだ。おれがぶっ飛ばされることはないでしょう」

「ペットを引っさらうのも、フェアじゃないな。代山には、世話してる女はいないのか？」

「五十代前半までは囲ってる愛人《レコ》がいたみたいなんですが、いまは女房孝行をしてるらしいんですよ」

「それじゃ、目黒の柿《かき》の木坂《きざか》にある自宅と品川《しながわ》にある会社を往復することが多いんだろうな」

「そうみたいですね。代山は自らロールスロイスを運転してオフィスに通ってるそうだから、車を立ち往生させるチャンスはあるんじゃないかな。代山は明日の正午前後には東京に戻るみたいですよ。おれ、午後にでも『代山産業』に張りついてみます」

「組の仕事があるんじゃないのか？」

「常盆《じょうぼん》のセッティングと不動産関係のトラブル処理は下の者たちに任《まか》せてあるから、おれはいつでも動けます」

「あんまり無理するなよ」

「気を遣《つか》わないでほしいな。おれ自身が隠れ捜査の手伝いをエンジョイしてるんですから」

「そうか。なら、明日、代山の会社に張りついてもらおう」

「了解！　真崎さんも、きょうの捜査は打ち切りなんでしょ？　それだったら、どこかで軽く飲《や》りませんか」

「これから、大田区《おおた》の洗足池にある沼部の元妻に会ってみようと思ってるんだ」

「元妻に何か疑わしい点があるんですか？」

野中が訊いた。

「そういうわけじゃないんだ。捜査資料によると、沼部は裏表のある男だったらしい。離婚した原因について、何か隠されてないかどうか探《さぐ》ってみようと思ってな」

「そうですか。捜査資料によると、沼部はスーパーを経営してたときの負債で家族を苦しめたくないから離婚して、自己破産したようなんでしょ？」

「そうなんだと思うが、金銭欲が強くて女にだらしなかった沼部が妻をそれほど大切にしてたのかどうか。沼部は大岡山でスーパーを開業したとき、妻だった靖代の実家の不動産を担保にして事業資金を捻出《ねんしゅつ》したんだよ」

「そういう話でしたね。でも、その担保物件は借金のカタに銀行に取られちゃったんじゃなかった？」

「そうなんだ。靖代の両親は厚木《あつぎ》市郊外の狭い借家で少ない年金で暮らし、数年前に相次《あいつ》いで病死したんだよ」

「沼部は妻の実家の資産を事業の失敗で取られてしまったことを申し訳なく感じてたんで、借金取りに苦しめられてた靖代を楽にしてやりたくて……」

「自己破産した？」

「そうなんじゃないかな」

「おれも最初はそう思ってたんだよ。しかし、沼部は妻の実家の身上を潰《つぶ》したことを本当に済まながってたんだろうか。それだけ誠実さのある男が経営が苦しくなったからって、賞味期限切れの商品を売ったりするかね」

「沼部は借金だらけで、心理的に追い込まれてたんじゃないのかな。貧《ひん》すれば鈍《どん》すると言うでしょ？　やってはいけないと思いつつ、ついルールに反することをしちゃったんじゃないのかな。で、借金取りに怯《おび》えてる妻を気の毒に思って、沼部は離婚話を切り出したんじゃないですか？」

「捜査本部の調べによると、銀行から事業資金を借りたのは沼部ひとりなんだ。借り手が自己破産すれば、免責になる。つまり、妻子は借金取りに追い回されなくても済むはずなんだよ」

「そうですね。沼部は妻を連帯保証人にしてノンバンクか消費者金融からスーパーの運転資金を借りてたのかもしれないな。そうだったとしたら、妻の靖代が強く夫に離婚を迫ったんじゃないのかな。沼部と縁が切れた後に元夫が自己破産してれば、返済義務はなくなるでしょ?」

「そうなのかな。そのへんのことはよくわからないが、とにかく被害者の元妻からも話を聞いておきたいんだよ」

　真崎は電話を切った。

　そのすぐ後《あと》、着信した。発信者は妻の美玲だった。

「翔太は、まだ音楽室から出てこないのか?」

　真崎は先に口を開いた。

「ううん。一件落着よ。不登校の子をからかった上級生が翔太に泣いて謝ったの。それで、翔太は音楽室から出てきたのよ」

「そうか」

「でもね、翔太はそれでは気が済まなかったらしいの。不登校の子を茶化した六年生に、いじめた相手にも謝罪しろと迫ったのよ」

「で、上級生は?」

「いじめた相手の家に行って、ちゃんと詫《わ》びたみたいよ。だから、からかわれたクラスの子が夕方、家にお礼にきたの。わたし、その子にカレーライスを食べさせてあげたらね、お母さんが少し前にわざわざお礼に見えたのよ。翔太は何度も礼を言われて、照れてたわ」

「わが子ながら、見所があるな」

「正義感が強いのは、あなた譲りなんだと思うわ」

「おれは、狡《ずる》い犯罪者をとっちめてるだけだよ」

「照れない、照れない！　一応、ご報告まで……」

妻が笑いを含んだ声で言って、通話を終わらせた。

真崎は私物のスマートフォンを所定の場所に仕舞《しま》って、専用覆面パトカーを走らせはじめた。最短コースを選びながら、大田区の洗足池に向かう。

目的の『メゾンド洗足池』に着いたのは午後七時数分前だった。三階建ての低層マンションは、東急池上線《とうきゅういけがみ》洗足池駅から四、五百メートル離れた閑静な住宅街の一角にあった。

尾形靖代は、息子の剛と一〇五号室に住んでいる。まだ夕食を摂《と》り終えていないかもしれない。

真崎は車を駅前通りに向け、ありふれた食堂でミックスフライ定食を平らげた。一服してから、『メゾンド洗足池』に引き返す。

真崎はスカイラインを低層マンションの近くに駐《と》め、一〇五号室のインターフォンを鳴らした。待つほどもなく、女性の声で応答があった。

「どちらさまでしょうか？」

「警視庁の者です。沼部さんの事件の支援捜査をしている真崎といいます。失礼ですが、尾形靖代さんでしょうか？」

「はい、そうです」

「いくつか確認させてほしいことがあるんです。ご協力いただけますでしょうか？」

「わかりました。少しお待ちください」

「夜分に恐れ入ります」

真崎はドアから半歩退《さ》がった。

象牙《ぞうげ》色のドアが開けられた。沼部の元妻は、やつれていた。体調が悪いのか。

真崎は警察手帳を呈示《ていじ》した。見せたのは表紙だけだった。

「玄関先で立ち話もなんですから、どうぞ上がってください。と申しましても、応接間があるわけではないんですけどね」

「ここで結構ですよ」

「ダイニングキッチンに四人掛けのテーブルセットがあります。わたし、長く立っているのが大儀《たいぎ》なんですよ」

「体調がよろしくないようなので、日を改めましょう」

「大丈夫ですよ。遠慮なく上がってください。別れた夫には苦労させられましたが、もう故人になってしまったんです。早く成仏《じょうぶつ》させてやりたいので、捜査には全面的に協力しますよ。どうぞお入りになって」

靖代が玄関マットの上まで戻った。

真崎は部屋に入った。靖代は来訪者をダイニングテーブルに向かわせると、手早く日本茶を淹《い》れた。それから、真崎と向かい合わせに坐った。

「早速《さっそく》ですが、離婚の原因について確かめさせてください。これまでの調べによりますと、沼部さんは債権者の取り立てに悩まされていた家族を巻き込むのを避けるためにあなたと離婚して、自己破産したようですが……」

「その通りです。三億七千万円の負債の利払いもできなかったのですから、銀行の担当者が毎日のように大岡山の店と池尻《いけじり》にあった自宅に押しかけてきたのは仕方ありません。金策の当てはなかったんです。当時住んでいた家は借りてたんですよ。そちらの家賃をいつも数カ月分、滞《とどこお》らせてました。恥ずかしい話ですけど、食べる物さえ買えない状態でした」

「大変でしたね」

「ええ。銀行の方が返済を求めているうちは、まだ恐怖を感じませんでした。銀行が取り立て代行会社を使うようになってからは、それこそ地獄の日々でしたね」

「その連中は、荒っぽかったんでしょ?」

「はい。大声で凄《すご》んだり、物を蹴ったりしました。沼部は拉致《らち》されるかもしれないと怯《おび》え、カプセルホテルや知人宅を転々として逃げ回ってたんです。わたしと息子に怖い思いをさせてと恨みましたけど、どちらも債務者ではありません」

「ええ、そうですね」

「怒鳴《どな》りつけられたりしても、わたしと息子に危害を加えられることはないと思いましたので、ひたすら耐えました。沼部は下手《へた》したら、命を奪《と》られるかもしれないんです。その恐怖と不安は計《はか》り知れないものだったでしょう。ですけど、わたしたち母子も恐ろしさでノイローゼになりそうでした」

「そうでしょうね」

　真崎は声に同情を込めた。

「そんなある日、身を隠してる沼部から電話がありました。これ以上、わたしを苦しめたくないんで、別れようと言われました。わたしたち夫婦は大恋愛の末、一緒になったんですよ。そして、ひとり息子の剛を授《さず》かったわけです」

「意地の悪いことを言いますが、故人は事業欲が旺盛なだけではなく、女性遍歴も……」

「確かに、女にだらしがないほうでした。惚《ほ》れっぽい性質《たち》なんですよ。英雄色《いろ》を好むではありませんけど、何かで成功した男性はたいてい女性が好きですよね？」

「ええ、まあ」

「別の女性に心を持っていかれたら、妻のプライドは傷つきます。しかし、単なる浮気なら、諦《あきら》めもつくでしょう。そう考えるようになるまで、長い時間がかかりましたけどね」

靖代が淋《さび》しげに笑い、苦しそうに咳《せ》き込んだ。

「お辛《つら》そうだな。もう引き揚《あ》げます」

「大丈夫ですよ。わたしはどんなに借金があっても、沼部とは添《そ》い遂《と》げる気でいました。ですので、離婚話に応じませんでした。そうすると、沼部は自分には夫の資格がないんだと泣き伏したんですよ」

「そうなんですか」

「ご存じでしょうが、沼部はわたしの実家の土地と建物を担保にしてスーパーの開店資金を調達したんです」

「ええ、知っています。スーパーの倒産で、担保物件は銀行の手に渡ってしまったんですよね？」

「そうなんです。沼部はわたしの両親に土下座をして、死んでお詫《わ》びすると懐から青酸《せいさん》カリを取り出したんですよ。父は驚いて沼部を懸命に思い留《とど》まらせました。資産を失ったことは残念だが、仕方のないことだと逆に沼部を励《はげ》ましたようです。そういうことがあったんで、沼部は何らかの形でけじめをつけなければならないと思ったんでしょう。何がなんでも離婚してくれと長いこと畳に額《ひたい》を擦《す》りつけたんです」

「離縁という形で、あなたに償《つぐな》いたいということだったんですかね」

「ええ、そうなんでしょう。わたしは息子と相談して、離婚届に判を捺《お》しました。別れても沼部姓を使うつもりでいたんですけど、旧姓の尾形に戻ってほしいと夫が強く望んだものですから、わたしと息子は……」

「尾形姓に変えられたんですね。いただきます」

真崎は日本茶を一口啜《すす》った。湯呑み茶碗を茶托《ちゃたく》に戻したとき、玄関ドアが開けられた。

「剛、警察の方よ」

靖代が振り返って、息子に告げた。

真崎は椅子から立ち上がり、自己紹介した。尾形剛が会釈《えしゃく》して、母親のかたわらに腰かけた。目許《めもと》が靖代とそっくりだ。細身で、どことなくひ弱そうに見える。

「息子は虚弱体質で、子供のころはしょっちゅう病気をしてたんですよ。小学生のころに原因不明の高熱を出して死にかけたこともありました。もともと呼吸器系が丈夫じゃないんですよ」

「母が寝ずに看病してくれたおかげで、熱が徐々に下がりはじめたんです。医者も不思議がっていましたね」

尾形剛が真崎に言った。

「母親の愛情が病魔を追い払ったんでしょう」

「そうなのかもしれません。親父《おやじ》を刺殺した奴は、まだ捜査線上に浮かんでないんですか？」

「ええ、そうなんですよ。それで、わたしが助っ人《すけと》要員として駆り出されたんです。お母さんが離婚されてから、沼部さんとはお会いになってたのかな？」

「年に一回ぐらいは一緒に食事をしてましたけど、当たり障《さわ》りのない話しかしませんでしたね。ですので、親父が便利屋をやってから家屋解体請負会社を興《おこ》したことも二年ぐらい前に知ったんです。それまで、親父は仕事のことは何も喋らなかったんですよ。スーパーの経営にしくじってるから、なんとなく言いだしにくかったのかもしれませんね。でも、値の張りそうな服を着るようになってたんで、何か新しいビジネスをやりはじめたんではないかと思って、それとなく訊いてみたわけです」

「そのとき、沼部さんは『共進興業』の代表取締役だってことを初めて明かしたんですか？」

「はい、そうなんです。割に儲《もう》かってると言ってました。たくさん利益が出るようになったら、いつか母にまとまった金を渡すつもりだなんて言ってたな。父はスーパーを開くとき、母の実家の土地と建物を担保にして資金を捻出したんですよ」

「そうらしいね」

「でも、事業に失敗して、祖父名義の担保は銀行に取られてしまった。そんなことで親父は自己破産したわけですけど、一応、再起したのに……」

「残念でしたね」

「ええ。利己的で女関係が乱れてましたけど、母やぼくのことは気にかけてくれてたんですよ。経済的には二人とも苦労させられましたけど、やはり哀惜《あいせき》の念は深いですね。母もそうだと思います。ね、母さん？」

「ええ、そうね。早く犯人に捕まってほしいわ。刑事さん、沼部が店を潰したときに連鎖倒産した食品卸問屋の社長だった伊丹さんにも一億円ほどの負債があったんですよ。煽《あお》りで自分の会社が立ち行かなくなったことで、伊丹さんは元夫をだいぶ恨んでたようです。風の便りだと、あの方、夜間警備員をなさってるらしいの」

「ええ、そうですね」

「伊丹さんは連鎖倒産で人生を狂わされてしまったわけですから、ずっと沼部のことを恨んでたんではないかしら？　そういう恨みは何年経《た》っても、忘れないいんじゃないですかね」

「捜査の素人《しろうと》が軽弾《かるはず》みなことを言うべきじゃないよ」

尾形剛が母を窘《たしな》めた。靖代が首を竦《すく》める。

粘《ねば》っても、新事実は出てきそうもない。真崎は礼を述べて尾形宅を辞去した。

第二章　怪《あや》しい元債権者

1

社屋は三階建てだった。

五反田《ごたんだ》にある『共進興業』だ。敷地内には、ブルドーザーやクレーン車が見える。

真崎は門を潜《くぐ》った。

支援捜査二日目の午前十一時過ぎだ。代山は、まだ伊豆から戻っていないはずである。

そこで、真崎は『共進興業』の経営を引き継いだ前専務の倉持善行《くらもちよしゆき》に会ってみることにしたわけだ。捜査資料によれば、五十三歳の倉持は殺害された沼部に特別に目をかけられていたらしい。

真崎は左手にある事務棟に入り、受付で倉持新社長との面会を求めた。刑事であることを明かし、来意も伝える。

女性事務員が案内に立った。社長室は最上階にあった。エレベーターは設置されていなかった。真崎は女性事務員を犒《ねぎら》って、社長室に足を踏み入れた。警察手帳を見せ、姓だけを名乗る。

「ご苦労さまです」

倉持が如才《じょさい》なく言い、執務机を離れた。出入口寄りに応接セットが据えられている。

真崎はコーヒーテーブルを挟んで倉持と向かい合った。

「コーヒーがよろしいですか？　それとも、日本茶のほうが……」

「どうかお気遣いなく。わたしは捜査本部の支援要員なんですよ。いまも容疑者を絞り込めてないので、再聞き込みをすることになった次第です。よろしくお願いします」

「故人にはいろいろよくしてもらったので、協力させていただきます」

倉持が言って、居住まいを正した。柔和で、顔立ちは悪くない。

「あなたが新社長になられた経緯から聞かせてもらえますか？」

「わかりました。前社長は自分に万が一のことがあったときは、わたしに会社を引き継いでほしいと言ってたんですよ」

「そうですか。沼部さんは離婚されましたが、息子さんがいますよね？」

「ええ。尾形剛さんのことは、前社長から聞いてました。しかし、大きな会社ではないので、息子さんに継がせる気はないとおっしゃっていました。剛さんは名門大学を出てらっしゃるから、家屋解体請負業者にさせたくなかったんだと思います」

「そうなんでしょうか」

「あまりイメージのよくない業種ですんでね。同業者の中には、その筋の者もいます。元やくざが社長をやってる会社もあるんですよ」

「沼部さんに事業資金を提供した日下麗子さんは、この会社の役員だったんでしょ？」

「はい、以前はね。しかし、一年数カ月ほど前に日下さんは経営から手をお引きになりました。そのとき、前社長は日下さんに出資金を返済して、彼女の持ち株を譲り受けたんです」

「沼部さんが全株を持ってたんですか？」

「いいえ、約七割ですね。残りの三割の株はわたしたち社員が所有してました」

「倉持さんが新社長になられたということは、沼部さん所有の株の大半を譲り受けたわけですね？」

「その通りです。あちこちから借金して、前社長の相続人である羽鳥七海《はとりなな み》さんから持ち株をそっくり譲渡してもらったんですよ」

「その女性が沼部さんと親しくしていたことは初動捜査でわかっていますが、そのことは知りませんでした」

「そうですか。前社長は、実子の尾形剛さんに遺産を相続させる気でいたようですが

「……」

「剛さんは、両親の離婚時に、相続権を放棄《ほうき》していたんですね？」

「ええ、そう聞いています。沼部前社長にはほかに血縁者がいないので、愛人関係にあった羽鳥七海さんに全財産を遺贈《いぞう》するという遺言を公正証書にしてあったんですよ」

「そうなんですか。ところで、沼部さんは同業の『代山産業』の営業部長を金で抱き込んで、客を横奪《ど》りしてましたよね？」

「それは前社長が独断でやってたことで、そのときはわたしたち社員は知らなかったんですよ。『代山産業』に家屋の解体工事費の見積りを出させた人たちのことをどこでどう知ったのか不思議に思っていました。橋爪という営業部長に見積書のコピーを取らせていたとは知りませんでした」

「そんなことはないでしょ？『代山産業』の見積り額より二割ほど安く請け負ってたことは複数の解体作業員の証言で明らかになってるんですよ」

「わたしは前社長が『代山産業』の営業部長を抱き込んでるなんて、本当にまったく知らなかったんです。沼部前社長は、弟のようにわたしに接してくれてたんで、醜《みにく》い面を知られたくなかったのかもしれないな」

「専務だった倉持さんが、客の横奪りの件で橋爪を抱きこんでいたことを知らなかったとは思えませんがね」

「わたし、嘘なんかついていません。『代山産業』に先に見積りを出させた顧客については、前社長が自分で受注していましたので。本当に本当なんです」

「そこまでおっしゃるなら、そうだったのかもしれません。それはそうと、横奪りした客は少なくなかったんでしょ？」

真崎は言った。

「後で知ったことですが、受注件数は百を超えていました」

「それじゃ、『代山産業』は黙っちゃいないだろうな。倉持さんも、代山社長が元やくざだと知ってたんでしょ？」

「ええ、前社長から聞いていました。龍門会田所組の幹部で、だいぶ血の気が多かったようですね」

「武闘派やくざとして暴れまくってたみたいですよ。ただ、二人の娘は大事にしてたようだな。娘たちが白い目で見られるのはかわいそうだと思うようになったんで、足を洗ったらしいんですよ」

「そうなんですか」

「沼部さんに『代山産業』の顧客情報を流してた営業部長の橋爪は一月下旬に何者かに木刀でめった打ちにされて、いまも意識不明なんです。その加害者は、田所組の準構成員と思われます」

「えっ、そうなのか」

「沼部さんの事件が起こる前、代山伸昭は昔の弟分の浜畑譲次という男と密談してたんです」

「それなら、『代山産業』の社長は浜畑に橋爪を痛めつけてくれと頼んだんでしょう。そして、誰かに沼部前社長を始末させたのかもしれません」

「そう思ったのは、なぜなんです？」

「事件の少し前に前社長は顧客を横奪りしたことで、『代山産業』に何か仕返しをされるかもしれないと洩《も》らしてました。それで、格闘家崩れのフリーのボディーガードを雇《やと》う気になりかけてたんです。ですが……」

　倉持が口ごもった。

「どうしてボディーガードを雇わなかったんです？」

「もう知ってらっしゃるでしょうが、前社長は病的な女好きでした。三十二歳の羽鳥七海さんに入れ揚《あ》げてたくせに、ちょくちょく摘《つま》み喰《ぐ》いをしてたんですよ」

「相当な女狂いだったようだな」

「そうでしたね。離婚するまでも、浮気を重ねてたようですよ。ちょっといい女を見ると、どうしても口説《くど》きたくなるんだと言ってました」

「便利屋時代に親密になった資産家の未亡人にも隠れて女遊びをしてたんだろうな」

「おそらく、そうだったんでしょうね。ですが、前社長は日下麗子さんとは大人同士の割り切った関係みたいだったから、痴話喧嘩《ちわげんか》には発展しなかったんでしょう」

「そうなんだろうか」

「日下さんは亡くなったご主人の遺産を十六億円も相続して、賃貸マンションを三棟も所有しています。大変な資産を持ってる色っぽい熟女に近づく男たちは大勢いるにちがいありません」

「でしょうね」

「日下さんは前社長と親密ではありましたが、年下の男たちとも適当に遊んでたようですから、彼女は前社長の事件には関与してないでしょう。最も怪しいのは代山伸昭ですね。初動捜査担当の刑事さんは代山にはアリバイがあるとおっしゃっていましたが、かつての弟分の浜畑に沼部前社長を片づけさせたのかもしれませんよ」

「しかし、浜畑のアリバイも立証されています」

「そうなんですか。なら、代山はネットの闇サイトで殺し屋を見つけたのではありませんかね」

「そう疑えないこともないと思います。代山は何か『共進興業』に厭《いや》がらせめいたことでもしたのかな」

「代山の仕業《しわざ》と断定はできませんが、小社の敷地に豚の生首が投げ込まれたことがありました。それからですね、解体工事を妨害されたこともあったんです。現場前の道路にダンプカーの荷台から廃材が落とされて、うちの会社のクレーン車が近づけなかったんですよ」

「沼部さん自身に魔の手が迫ったことは？」

「そういうことはなかったようですが、自宅マンションに銃弾が送り付けられてきたそうです。堅気《かたぎ》が銃弾を入手するのは難しいでしょ？」

「そうですね」

真崎はうなずいた。

「代山伸昭が昔の子分の浜畑に前社長宅に銃弾を郵送させたんでしょう」

「そのあたりのことは早晩《そうばん》、明らかになると思います。実はきのう、警察は浜畑譲次の身柄を押さえたんですよ。といっても、捜査本部事件の重要参考人と目《もく》したわけじゃないですが」

「そうですか。一般市民が代山は疑わしいと言ってはいけないのでしょうが、やはり……」

「臭いと思われるんですね？」

「ええ」

「代山伸昭のほかに気になる人物はいませんか？」

「そういえば、去年の暮れに会社に前社長の昔の知り合いが訪ねてきて恨み言をしつこく繰り返していました。前社長が大岡山でスーパーを経営してたときの納入業者だったようでした」

「その男は、伊丹秋生かもしれないな」

「あっ、そういう名前でしたよ。元食品卸問屋の社長で、沼部前社長に一億円以上の売掛金を踏み倒されたんだと大声で喚《わめ》いていました。自分の会社が連鎖倒産させられたんで、極端に貧乏になってしまったと怒ってましたね。酒臭かったから、だいぶ酔ってたんでしょう」

「伊丹秋生は何が目的で来訪したんです?」

「便利屋から家屋解体請負会社を設立するまでになったんだから、踏み倒された売掛金を少しでも返せと言っていましたよ。みすぼらしい恰好《かっこう》をしてたので、金に詰まってたんでしょう」

「伊丹は自分の問屋を潰《つぶ》したことで一家離散の憂《う》き目《め》に遭《あ》わされたんです。家電量販店の倉庫番をしながら、家賃の安いアパートで独《ひと》りで生活してるはずです」

「人生、一寸先は闇ですね」

「ええ。で、伊丹秋生は沼部さんから幾《いく》らか貰《もら》って引き揚《あ》げていったんですか?」

「いいえ。前社長は自己破産時に負債は消えてるわけだから、昔の借金を返済する義務はないと突っぱねました」

「伊丹の反応はどうでした？」

「法的には債務はなくなっても、道義的にそれでは済まないはずだと声を荒《あら》らげていました。納入業者まで巻き添えにしたことを詫びて、少しでも誠意を見せろと言い募《つの》ってましたね」

「それでも、沼部さんは冷たく伊丹秋生を追い返した？」

「そうなんですよ。前社長は自分にプラスになる相手には揉《も》み手《で》になるんですが、利点のない人物には素《そ》っ気《け》ないんです。金銭に対する執着心が強かったんですよ。わたしには目をかけてくれてたのですが、ことお金に関してはシビアでしたね」

　倉持が苦く笑った。

「自己破産までしたので、拝金主義者になってしまったんだろうか」

「その以前から、計算高かったようですよ。伊丹という男は、卸値を何度も下げられた上に売掛金をそっくり踏み倒されたとぼやいてました」

「被害者は金の亡者《もうじゃ》だったんだろうな」

「伊丹という男もそう思ったのか、沼部前社長がスーパーを計画倒産させたのではないかと疑っていました」

「そうですか」

「前社長は、そこまで悪質なことはしないと思いますよ。事業家が自己破産したら、しばらくは銀行から融資を受けられなくなりますから」

「ええ、そうですね」

「スーパーは貸店舗で、そのころの自宅も借家だったという話でした。スーパーの開業資金も離婚した奥さんの実家の土地と建物を担保にして調達したそうだから、隠し財産なんかなかったでしょう」

「計画倒産は考えられない？」

「ええ、そう思いますね。伊丹という男は腹の虫がおさまらないので、計画倒産云々《うんぬん》と口走ったんでしょう。あの男は沼部前社長の冷たい対応に憤然《ふんぜん》としたままでしたので、犯行に及んでしまったのかもしれません」

「代山と伊丹を少し調べ直してみます。ご協力に感謝します」

真崎はソファから立ち上がり、そのまま社長室を出た。外に出て、路上に駐《と》めてある専用覆面パトカーに乗り込む。

真崎は捜査資料ファイルを開き、被害者と関係の深かった女性たちのリストを見た。羽鳥七海に関する個人情報も記載されていた。

初動捜査で、七海のアリバイは立証されている。事件当夜、沼部の愛人は六本木のスポーツジムで汗を流していた。事件には絡《から》んでいないだろう。

ただ、気になる点があった。なぜか捜査資料には、羽鳥七海が沼部の遺産を相続したことは記載されていなかった。どういうことなのか。真崎は訝《いぶか》しく思った。

ちょうどそのとき、天野刑事部長から電話があった。

「峰岸参事官から捜査資料に抜けがあったと以前に聞いてた。捜査本部に詰めている人間が故意に事件調書を隠したのかもしれないと少し疑ったんだが、結果は単純なミスだったよ」

「誰のミスだったんでしょう？」

「担当管理官がコピーした事件調書をファイルするとき、一部落としてしまったらしいんだ」

「そうでしたか」

「必要なら、ファイルできなかった事件調書の写しを真崎君にメール送信するよう峰岸参事官に指示するよ」

「それは急がなくても結構なんですが、ちょっと気になることがありました」

真崎は言った。

「どんなことに引っかかったのかな」

「聞き込みで被害者《マルガイ》の遺産は愛人関係にあった羽鳥七海に遺贈されたようですが、そのことは捜査資料に記載されてませんでした。それは、どうしてなんでしょう？」

「わたしも、その点を不審に感じてたんだ。調書によると、羽鳥七海が故人から相続したのはわずか二百万円だった」

「被害者の遺産がたったの二百万円というのは妙ですね。沼部は『代山産業』の客を横奪りしてまで金儲けをしてたんですよ。急成長して、日下麗子に出資してもらった事業資金は返済しています。個人資産はだいぶあったはずです」

「沼部は稼《かせ》いだ金を他人名義で預けてたか、スイスかオーストリアの銀行の秘密預金口座《ナンバード・アカウント》にでもせっせと入金してたんだろうか」

「どこかに隠し金があることは間違いなさそうですね」

「そうなら、隠し金のありかを知ってる者が沼部努を殺害したとも考えられるな」

「ええ、そうですね。これから、羽鳥七海の自宅マンションに行ってみます」

「何か手がかりを摑《つか》めるといいね」

天野が電話を切った。

真崎は刑事用携帯電話《ポリスモード》を懐に突っ込むと、スカイラインを走らせはじめた。元ショーダンサーの羽鳥七海は、広尾《ひろお》の高級賃貸マンションに住んでいる。

目的地に着いたのは数十分後だった。

真崎は車を路上に駐め、『広尾ロワイヤルパレス』のアプローチを進んだ。七海の部屋は四〇三号室である。真崎は集合インターフォンの前に立ち、テンキーを押した。いくら待っても、応答はなかった。どうやら部屋の主は外出しているようだ。

車の中で七海の帰宅を待ってみることにした。真崎はアプローチの石畳を逆にたどりはじめた。

2

少し焦《じ》れてきた。

間もなく午後三時になる。だが、羽鳥七海は外出先から戻ってこない。

真崎は溜息《ためいき》をついて、グローブボックスを開けた。非常食用の乾パンを取り出し、口に運ぶ。昼食代わりだった。

通常、刑事はペアで聞き込みに当たる。しかし、真崎は単独捜査を担《にな》っている。相棒に弁当や調理パンを買いに行かせることはできない。そのため、専用覆面パトカーに乾パンと飲料水を積んでいた。

真崎は空腹を満たし、生温《なまぬる》くなったミネラルウォーターを喉《のど》に流し込んだ。紫煙《しえん》をくゆらせていると、脈絡もなく『共進興業』の倉持新社長の顔が脳裏《のうり》を掠《かす》めた。

倉持は捜査に協力的だった。そのことはありがたいが、少し喋《しゃべ》りすぎだったのではないか。多くの市民は、捜査員と向かい合っただけで幾らか緊張するものだ。

しかし、倉持はそうではなかった。捜査本部事件に代山伸昭か伊丹秋生が関わっていそうだとさえ口にした。そこまでするのは、やや不自然な気もする。

倉持には捜査関係者の目を逸《そ》らしたい理由《わけ》でもあったのだろうか。刑事としては、つい穿《うが》った見方をしたくなる。

新社長は、沼部が所有していた会社の株を相続人の羽鳥七海から譲ってもらったと語っていた。七海は現金では二百万円しか遺贈されていないという話だった。遺産額が少なすぎるのではないか。

捜査本部は、沼部の遺言状の件を把握《はあく》していない。倉持が喋ったことは作り話ではないのか。そう疑いたくなる。羽鳥七海が帰宅すれば、その件ははっきりするだろう。真崎はそう思いながら、短くなったセブンスターを灰皿の中に突っ込んだ。

そのすぐ後、峰岸参事官から電話がかかってきた。

「フィリピン警察の協力で、泊周平の潜伏先が判明したよ。セブ島北部の小さなホテルに泊まってたそうだ」

「そうですか。浜畑は別働隊の取り調べを受けてから、昨夜のうちに新宿署に移送されたんですね？」

「そう。浜畑は銃刀法違反を認め、新宿署の取調官に橋爪の襲撃事件のことも全面自供したそうだよ」

「浜畑が代山に頼まれて準構成員の泊に橋爪を木刀でめった打ちにさせたことも認めたわけですね？」

「そうなんだ。傷害事件を扱った練馬《ねりま》署は、二人の捜査員をセブ島に向かわせた。それから、夕方には代山伸昭に任意同行を求めることになってるらしいんだ」

「代山は、きのう、浜畑が別件で逮捕されたことを旅先の下田で知ったかもしれませんね」

「長女一家と宿泊したホテルまでは摑《つか》んでないんだったな？」

「ええ。予定では、きょうの正午前後には東京に戻るという話でしたから、もう代山は柿の木坂の自宅に帰ってるかもしれません」

「練馬署が代山を引っ張る前に、なんとか接触できないだろうか。代山が犯罪のプロに沼部を始末させた疑いも拭えないからね」

「助っ人の野中が『代山産業』の近くに張り込んでるはずですから、代山に関する情報はすぐ集まると思います」

真崎は通話を切り上げた。その直後、スマートフォンが振動した。

ディスプレイを見る。発信者は野中だった。アイコンに触れる。

「真崎さん、代山伸昭は浜畑が銃刀法違反で検挙《アゲ》られたことを田所組の関係者から聞かされて、下田のホテルをチェックアウトしてから長女一家と別行動をとったみたいなんだ。

自宅には戻ってないし、会社にも顔を出してないんですよ」

「逃亡を図ったんだろうか」

「ええ、おそらくね。ホテルや旅館に偽名でチェックインしても、バレるでしょ？」

「そうだろうな。親類宅や知人の家に匿《かくま》ってもらっても、見つかりやすいはずだ」

「代山は裏社会の誰かの別荘か、クルーザーに身を潜《ひそ》める気になったんじゃないですか？」

「考えられるな。田所組の組長が伊豆周辺に別荘を所有してるとしたら、おそらく……」

「おれも、そう思いました。で、裏のネットワークを使って、田所敏雄《としお》、六十三歳の別荘が伊豆高原にあることを調べたんですよ」

「田所組長の別荘は、どのへんにあるんだって？」

「伊豆急行線の伊豆高原駅から矢筈《やはず》山に向かって二キロほど林道を進むと、ホワイトハウスを摸《も》したでっかい建物があるらしいんだ。組の若い者が二人ばかり住み込んで、別荘の管理をしてるという話でしたね」

「目立つ建物なら、見つかるだろう。おれは沼部の愛人《レコ》だった羽鳥七海の帰りを待ってたんだが、これから伊豆高原に向かう。野中は『代山産業』の会社に張りつづけてくれ」

「真崎さん、おれも田所組長の別荘に向かいますよ。張り込んでても、代山がオフィスや自宅に近寄るとは思えない。別荘には若い衆が住み込んでるというから、単独で乗り込む

落ち合うのは危《ヤバ》いでしょ？　どっちが先に到着するかわからないけど、田所の別荘の近くで落ち合いましょうよ。そのほうがいいと思うな」

「代山が田所のセカンドハウスに隠れてるとしたら、おそらく丸腰じゃないだろう。場合によっては、銃撃戦になるかもしれない。野中を巻き込むわけにはいかないよ」

「真崎さん、何を言ってるんです。おれたちは相棒同士でしょ？　おれは元刑事のやくざ者だけど、これまで行動を共にしてきた」

「そうなんだが……」

「最近、足のつかないサイレンサー・ピストルを手に入れたんですよ。ロシア製のマカロフＰｂです。別荘の留守番をしてる若い者が拳銃《ドウグ》をちらつかせたら、肩か脚《あし》を先に撃《う》つ」

「そんなことを現職のおれに不用意に喋ってもいいのか？」

　真崎は言った。

「まさか銃刀法違反で、おれを逮捕《パク》る気じゃないですよね？」

「そうするかもしれないぞ」

「マジですか⁉」

「もちろん、冗談さ。おまえを東京に留《とど》まらせても、代山には迫れないだろうな。わかったよ。伊豆高原の田所の別荘の近くで合流しよう」

「そうこなくっちゃ」

野中が声を弾《はず》ませた。

「おまえは、追分組のいつもの旧式のベンツに乗ってるんだな？」

「うん、そう！　サスペンションが傷《いた》みはじめて、乗り心地《ごこち》が悪くなりました。だから、代貸《だいがし》にベンツの新車を買ってくれって言ってあるんだが、追分組《うち》は金回りがよくないんでね。当分、いまの車を乗ることになりそうです」

「贅沢《ぜいたく》言うなって。車なんか走りゃいいんだ。野中も伊豆に向かってくれ」

真崎は電話を切り、スカイラインを走らせはじめた。

東名《とうめい》高速道路をめざす。大井松田《おおいまつだ》ＩＣ《インターチェンジ》まで高速で走り、国道二五五号で小田原《おだわら》市に入った。そこから、東伊豆の海沿いを下《くだ》りはじめる。

宇佐美《うさみ》を通過したころ、野中から電話がかかってきた。真崎は専用覆面パトカーを路肩《ろかた》に寄せた。

「代山の潜伏先がわかったのか？」

「やっぱり、代山伸昭は田所の別荘に隠れてましたよ」

「どうしてわかったんだ？」

「おれ、舎弟に『代山産業』の幹部社員に化けさせて、柿の木坂の自宅に電話させたんですよ。受話器を取ったのは、代山の妻だったそうです。どうしても社長に直《じか》に会って決裁してほしいことがあると嘘をついたら、潜伏先を教えてくれたというんです」

　野中が得意気に言った。

「代山の妻の話をすんなり信じてもいいものか。代山は、浜畑が別件で捕まったことを知ってるんだ。時間の問題で自分が練馬署に任意同行を求められると予想してたにちがいない」

「そうか、そうでしょうね。代山は女房に電話して、長女一家と別れた後、伊豆高原の田所組長の別荘に行ったことにしといてくれと頼んだ可能性もあるわけか」

「そういうことも考えられるな。会社関係者から問い合わせがあったら、代山は妻にそう答えろと指示してた可能性は否定できない」

「そうですね。嘘《うそ》の居所を関係者に教えて、別の場所に潜伏する。そうして欺《あざむ》いて、できるだけ早く遠くに逃げる気になったのか。そうだとしたら、伊豆に来たことが無駄になりますね」

「まだ代山に欺かれたと決まったわけじゃない。予定通り、田所の別荘の近くで合流しようじゃないか。いま、どこにいるんだ？」

　真崎は訊《き》いた。

「伊東港《いとう》の脇を走り抜けた直後です。真崎さんは？」

「こっちは宇佐美のあたりにいる。伊東港は少し先だから、おれたちは近い場所にいるわけだ」

「そうですね。スカイラインを待って、一緒に田所の別荘に行きます？」

「いや、別々のほうがいいだろう。おまえ、先に目的地に向かってくれ。追っつけ合流するよ」

「了解！」

野中が通話を切り上げた。真崎はスマートフォンを懐に収めると、ふたたびスカイラインを発進させた。

伊東港を回り込む。小室山《こむろやま》の脇を抜けると、ほどなく左手に伊豆ぐらんぱる公園が見えてきた。前方左側に富戸《ふと》港があるはずだ。

やがて、車は城ヶ崎《じょうがさき》入口に差しかかった。いつしか陽《ひ》は大きく傾いていた。スカイラインは国道を右に折れ、山側に向かった。

県道と市道を進むと、別荘地区に達した。熱海《あたみ》あたりよりは、だいぶ地価は安い。広い敷地を有する別荘が多かった。モダンな造りの建物が目立つ。

矢筈山の裾野を走っていると、前方に白い洋風住宅が目に飛び込んできた。ホワイトハウスにそっくりなデザインだった。田所の別荘だろう。

その七、八十メートル手前に、見覚えのある旧型のベンツが道端に駐《と》めてあった。真崎はスカイラインをベンツの真後ろに停《と》めた。

エンジンを切ったとき、雑木林から大男が現われた。野中だった。黒ずくめだ。

真崎は静かに車を降り、野中に歩み寄った。

「田所の別荘の横の林の中に入って、様子を見てみたんですよ。留守番をしてる若い奴が二人いましたが、代山伸昭はいないようでした」

「そうか。なら、代山は別の場所にいるんだろう」

「かもしれませんね。どこにいるにしても、世話する人間が必要でしょ？　もしかしたら、田所組の若い衆たちが代山の潜伏先に食料なんかを運んでるんじゃないかな」

「代山の隠れ家がそれほど遠くない所にあるんだとしたら、そういうことも考えられるだろう。しかし、代山はもっと遠くに逃げたんじゃないだろうか」

「そうなのかな。別荘で留守番と建物の管理を任されてる二人の若い衆を表に連れ出して、少し締め上げてみませんか。もしかすると、代山の隠れ家を知ってるかもしれないでしょ？」

「そうだな。別荘の敷地内に忍び込むことは難しそうか？」

「さっき偵察したら、門扉《もんぴ》の近くに二台の防犯カメラが設置されてた。敷地の三方は丸太の柵《さく》が張り巡らされて、あちこちに防犯センサーが取り付けられてましたね」

「そうか。もっともらしいことを言って、若い衆の片方を外に誘《おび》き出そう」

「それは、まどろっこしいな。おれ、門扉《もんぴ》を乗り越える真似をしますよ。そうすれば、留守を預かってる二人が白い洋館から飛び出してくるでしょう。そうしたら、おれは二人をサイレンサー・ピストルで震え上がらせます」

　野中が真顔で言った。

「そう急《せ》くなって。いま、いい手を思いついた」

「どんな手を使うんです？」

「まあ、見てろって。おまえは、ここで待機しててくれ」

　真崎は野中に言い置き、ホワイトハウスを摸した別荘の前まで走った。インターフォンのボタンを押す。

　ややあって、ぶっきら棒な応答があった。

「知らねえ顔だな。なんの用だい？」

「少し先の林道でガス欠になってしまったんですよ。少しガソリンを分けてもらえないでしょうか。数リッターで結構なんです」

「忙しいんだよ。電灯の点《つ》いてる別荘を訪ね歩きゃ、ガソリンを分けてくれる奴がいるんじゃねえのか」

「そうおっしゃらずに、助けてくれませんかね」

「知るかっ！　これから出かけなきゃならねえんだ。おたくとつき合ってる時間はねえんだよ」

「人助けだと思って、お願いしますよ」

真崎は喰《く》い下がった。

スピーカーは沈黙したままだった。無駄だったようだ。

真崎は苦く笑い、門から離れた。野中のいる場所まで大股で引き返す。

「誘《おび》き出せそう？」

「ガス欠だと言ったんだが、けんもほろろだったよ。本当か嘘かわからないが、これから出かけると言ってた」

「もし若い者《もん》が出かけるようだったら、締め上げるチャンスじゃないですか」

「車の中で張り込んで、少し様子を見てみるか」

「留守番してる奴らが外に出てきたら、自分、マカロフＰｂをちらつかせます」

野中が言った。

「若い衆が車で出かけるようだったら、そっと尾《つ》けよう。ひょっとしたら、代山の隠れ家に喰い物や寝具を届けに行くのかもしれないからな」

「それ、考えられますね」

「野中、車の中に戻ろう。尾行するときは細心の注意を払おうや」

真崎は先にスカイラインの運転席に乗り込んだ。

野中もベンツの中に消えた。真崎はエンジンをかけ、ベンツの前に車を移動した。田所組の若い衆が銃器を隠し持っていることを考慮し、ベンツの前に移ったのだ。

夕闇が濃くなった。

田所組長の別荘から黒いレクサスが滑《すべ》り出てきたのは、午後七時半過ぎだった。車内には二人の男が乗っている。顔かたちは判然としなかった。

真崎はレクサスの尾灯《テールランプ》が闇に紛《まぎ》れる寸前に、スカイラインのエンジンを始動させた。スモールライトを点け、レクサスを追尾《ついび》しはじめた。後方の野中が真崎に倣《なら》う。

レクサスは、天城《あまぎ》高原方面に向かっている。尾行されていることには気づいていない様子だ。一定のスピードで走行していた。

行き先に見当はつかなかった。レクサスは遠笠山《とおがさやま》の麓《ふもと》に達すると、登りの林道をしばらく進んだ。車が停まったのは、丸太小屋《ログキャビン》の前だった。周りは自然林だ。

電灯でログキャビンの窓は明るい。真崎は林道に車を停めた。そっと車を降りる。後方の野中も静かにベンツを離れた。

二人は中腰でレクサスに近づいた。

レクサスから二人の若い男が出てきた。どちらも、ひと目で組員とわかる風体《ふうてい》だ。ともに二十三、四歳だろう。

片方はポットを抱《かか》えている。もうひとりは、大きな紙袋を両手で持っていた。紙袋から二本のフランスパンが覗《のぞ》いている。バゲットだ。

「警視庁の者だ。大声を出すなよ」

真崎は男たちに圧《お》し殺した声で言い、ショルダーホルスターからベレッタ92FSを引き抜いた。

野中が二人の背後に立ち、マカロフPbで威嚇《いかく》する。男たちは身を竦《すく》ませた。

「ログキャビンに隠れてる代山伸昭に食料を届けにきたんだな？」

真崎は、紙袋を持っている口髭を生やした男に訊いた。

「そうじゃねえよ」

「撃たれてもいいのか？」

「刑事《デカ》はやたら発砲できない」

口髭の男が薄い唇を歪《ゆが》めた。真崎はスライドを手早く引き、銃口を相手の眉間《みけん》に押し当てた。

「おれは、ただの刑事じゃないんだ。一度死んでみるか。え？」

「撃つな！　まだ死にたくねえ。田所の組長《オヤジ》さんに指示されて、おれたち二人は代山さんに喰い物を運んでるだけだよ。な？」

口髭の男が仲間に相槌《あいづち》を求めた。丸刈りの男が黙って顎《あご》を引く。野中にサイレンサー・ピストルの銃口を向けられ、全身を小刻みに震わせている。

「このログキャビンは他人《ひと》の別荘なんだな？」

真崎は、口髭の男に問いかけた。

「そ、そうだよ。おれたちが無断で使ってもバレなそうな山荘を見つけて、代山さんを案内したんだ。組長《オヤジ》さんの別荘に代山さんを匿《かくま》ったら、警察に見つけられるかもしれないんで……」

「田所がそうしろって言ったのか？」

「そう」

「浜畑が準構成員の泊って奴を使って橋爪を木刀でめった打ちにさせたことはわかってる。代山が浜畑にさせたのは、それだけじゃないんだろ？　代山は会社の客を横奪りした沼部努も誰かに始末させたんじゃないのかっ」

「えっ、そうなの⁉　代山さんは、浜畑さんに裏切り者の橋爪を痛めつけさせただけだと聞いたがな。組長《オヤジ》さんはそう言ってた」

「代山に直《じか》に訊いてみよう。ログキャビンのドアを開けさせるんだ」

真崎は野中に目をやって、口髭の男に命じた。野中が心得顔で丸刈りの男の片腕をむんずと摑んだ。

真崎は口髭の男をポーチまで歩かせ、背に銃口を密着させた。口髭をたくわえた男がノッカーを高く鳴らして、大声で名乗った。

少し待つと、ドアが開けられた。代山は捜査資料の顔写真よりも、だいぶ老《ふ》けていた。武闘派やくざの面影《おもかげ》はない。

「おたく、誰だい？」

「沼部の事件の支援捜査をしてる者だ。あんたは『共進興業』の社長に客を横奪りされたんで、顧客情報を流した橋爪徹を痛めつけてくれと浜畑に頼んだ。手を汚したのは、泊周平って準構成員だった」

「別件で引っ張られた浜畑が自白《ウタ》っちまったんだな。けど、おれは誰にも沼部を殺《や》らせちゃいねえ」

「あんたが正直者かどうか、テストさせてもらうぞ」

真崎は少し的《まと》を外して、ベレッタ92ＦＳの引き金を絞った。反動《キック》が手首に伝わってきた。九ミリ弾は代山の肩の上を抜けていった。

口髭の男はしゃがみ込んで、紙袋をきつく抱きしめていた。わなないている。

「ずいぶん荒っぽいことをやるじゃねえか。若いの、こっちは丸腰だぜ。十歳若かったら、そっちの首をへし折ってただろうよ。たとえ一発喰《く》らっててもな」

「おっさんになっても、負けん気は強いね。本当に沼部の事件《ヤマ》には絡んでないのか？」

「ああ。なめたことをしやがったんで、沼部をぶっ殺してえとは思ったよ。でもな、殺《や》るだけの値打ちもねえ男だ。ただ、子飼いの橋爪の裏切りは勘弁《かんべん》ならなかったんだよ」

「だから、昔の弟分の浜畑に橋爪を半殺しにさせたわけか」

「そうだよ。殺人教唆《きょうさ》容疑までかけられたんじゃ、たまらねえ。暴行教唆は認めたんだから、早く手錠《ワッパ》打てや」

「待ってろ」

真崎は拳銃に安全弁を掛け、ホルスターに収めた。徒労感に包まれていた。

3

エレベーターが停止した。

地下四階だった。警視庁本庁舎である。

真崎は函《ケージ》を出た。伊豆に出かけた翌日の午前十一時過ぎだ。

先々月まで、地下四階は機械室としてだけ使われてきた。だが、ボイラーの向こうに別働隊が使用する簡易取調室と留置場が密《ひそ》かに設《もう》けられたのだ。正規の留置場は二・三階にある。

刑事部長直属の別働隊は五人で構成されている。隊長の片桐卓《かたぎりすぐる》は警視正で、四人の部下はいずれも警部だ。全員、殺人犯捜査に携《たずさ》わったことがある。

別働隊の面々は天野刑事部長や峰岸参事官の指示で、真崎の隠れ捜査のサポートをしてくれていた。逮捕した被疑者たちの身柄を所轄署か捜査本部に引き渡す前に取り調べている。

時には、犯罪者たちを簡易留置場に泊まらせていた。厳密には、違法行為だろう。発覚した場合は、天野が全責任を負うことになっている。

前夜、真崎は後ろ手錠を掛けた代山伸昭をスカイラインの後部座席に俯《うつぶ》せにさせて、警視庁に運んだ。田所の別荘の留守を預かっていた二人の若い組員はログキャビンの前で放免した。雑魚《ざこ》はどうでもよかった。

相棒の野中とは、本庁舎の近くで別れた。真崎は代山の身柄を別働隊に引き渡した。別働隊のメンバーは、すでに田所敏雄を犯人隠匿《いんとく》容疑で検挙していた。真崎は二人の取り調べを別働隊に委《ゆだ》ね、専用覆面パトカーで帰宅した。

きょう登庁したのは、代山と田所の供述に喰い違いがないか確認する必要があったからだ。二人の供述に偽《いつわ》りがなければ、別働隊が身柄を練馬署に移送する手筈《てはず》になっていた。

真崎はボイラーの横を抜けて、奥に向かった。

別働隊のアジトには、予備室というプレートが掲《かか》げられている。出入口は電子ロックになっていた。

真崎は電子ロックを解除して、素早く入室した。

手前のフロアは別働隊の刑事部屋になっている。片桐隊長が奥の席に坐り、部下たちもそれぞれ自席についていた。

簡易取調室と留置場は左側の奥にある。代山と田所は留置場にいるはずだ。

「お世話になっています」

真崎は隊員たちに会釈《えしゃく》して、片桐隊長の席に近づいた。片桐が椅子から立ち上がり、すぐ横のソファセットを手で示した。

真崎はコーヒーテーブルを挟んで、片桐警視正と向かい合った。

「二人の供述に矛盾《むじゅん》はありませんでしたか？」

「ありませんでしたよ」

片桐は真崎より職階が上にもかかわらず、常に敬語を遣《つか》う。刑事部長直属の特務捜査官に一目《いちもく》置いているのだろうか。四十六歳だ。

「片桐隊長、敬語はやめてくださいよ。こっちは、まだ警部《オブケ》なんですから」

「職階はそうですが、真崎さんは敏腕ですのでね。密かに尊敬してるんですよ」

「からかわないでください」

「真面目な話です。それはそうと、今朝《けさ》早くから代山と田所を取り調べたんですが、どちらも本当のことを喋《しゃべ》ってるという心証を得ました。代々木署の捜査本部事件では、やはり代山はシロでしょう」

「代山は、昔の弟分の浜畑に裏切り者の橋爪徹を半殺しにしてくれと頼んだだけだったんですか」

「ええ。浜畑は自分の手を汚したくなかったんで、末端の泊周平に木刀で橋爪をめった打ちにさせたんでしょう。それは間違いないと思います。田所組長は昔、代山に目をかけてもらったんで、他人のログキャビンに匿う気になったんだと繰り返してました」

「そういうことでしたら、二人の身柄《ガラ》を練馬署に移送していただけますか」

「わかりました。きょう中にも、実行犯の泊はセブ島から日本に連行されることになるでしょう。橋爪の事件は、それで落着ということになるはずです」

「そうですね。ちょっと簡易留置場を覗かせてもらいます」

真崎は片桐に断って、奥に向かった。

代山と田所は簡易留置場の壁に凭《もた》れて坐り、何か言葉を交わしていた。真崎に気づくと、田所組長が大声を発した。

「代山さんは誰にも沼部って野郎を始末させてねえよ。浜畑にやらせたことは認めてんだから、代山さんとおれを練馬署に移せや」

「あんたも、代山を匿ったことを素直に認めたそうじゃないか」

「ああ、そうだよ。だから、さっさとおれたちの身柄を所轄署に移せよ」

「そうすることになってる。どっちも六十過ぎだから、服役は辛《つら》いだろうな。しかし、身から出た錆《さび》だ。辛抱《しんぼう》するんだね」

「うるせえや!」

「元気なおっさんだな」

真崎は微苦笑し、簡易留置場から離れた。大声で片桐隊長に礼を述《の》べ、別働隊のアジトを出る。

真崎はエレベーター乗り場に向かった。

少し歩くと、前方から峰岸参事官がやってきた。前夜の経過は報告済みだった。二人はたたずんだ。ボイラーの脇だった。

「代山と田所は練馬署に移送してもらうよ。セブ島で緊急逮捕された泊周平が練馬署に連行されれば、橋爪暴行事件には片がつくだろう」

峰岸が言った。

「そうですね。代山が第三者に沼部努を殺害させてないことははっきりしました。捜査本部の見立て通りだったわけです」

「天野刑事部長とわたしが代山を怪しんだことで、真崎君に回り道をさせてしまったな。申し訳ない」

「気にしないでください。どんな捜査も、無駄の積み重ねなんですから。気を取り直して、沼部と愛人関係にあった羽鳥七海に会ってみます」

「そうしてくれないか」

「はい」

真崎はエレベーターホールに急ぎ、地下三階に上がった。奥まった所に駐めてあるスカイラインに乗り込み、ほどなく本庁舎を出た。

広尾に向かう。昼食時にぶつかりそうだった。真崎は屋根《ルーフ》にマグネット式の赤色灯を載《の》せ、先を急いだ。
十五、六分で、『広尾ロワイヤルパレス』に着いた。
真崎は車をマンションの際《きわ》に寄せ、四〇三号室のインターフォンを鳴らした。運よく七海は自分の部屋にいた。真崎は名乗り、捜査本部の支援捜査をしていることを明かした。七海は捜査に協力することを厭《いと》わなかった。

真崎はエントランスロビーに入り、エレベーターで四階に上がった。四〇三号室のチャイムを鳴らしかけたとき、羽鳥七海がドアを押し開けた。

個性的な顔立ちで、彫《ほ》りが深い。元ショーダンサーだけあって、プロポーションは申し分なかった。腰のくびれが深く、脚はすんなりと長い。バストも豊満だ。抱き心地はよさそうだった。殺害された沼部は、七海のエキゾチックな容貌《ようぼう》と肉感的な肢体《したい》に魅《み》せられたのではないか。

真崎はリビングに通された。間取りは2LDKだった。家具や調度品は安物ではない。金にシビアだった沼部は、七海の肉体に溺《おぼ》れていたのだろう、そうでなければ、愛人に贅沢をさせないのではないか。

七海が手早くハーブティーを淹《い》れ、真崎の正面のソファに坐った。ミニスカートから零《こぼ》れた白い脚が目を射《い》る。煽情的《せんじようてき》だった。

「わたし、沼部のパパとは丸三年のつき合いだったけど、最初はまったく愛情なんか感じてなかったの」

「初めは金だけで繋《つな》がってた？」

「そうなの。パパはもう若くなかったし、ルックスも冴《さ》えなかったからね。でも、わたしにしつこく言い寄って、トイレに立った間にバッグに二十万円をこっそり入れたのよ。ちょうど金銭的にピンチのときだったんで、ホテルにつき合ってあげたの」

「そう」

「一度抱かれてやるだけで二十万貰《もら》えるなら、悪くないバイトだと思ったわけ。それっきりにするつもりだったわ」

「それなのに、長く交際する気になったのはなぜなのかな」

真崎は問いかけ、ハーブティーを啜《すす》った。

「沼部のパパは女狂いだけあって、上手なのよ。言ってる意味、わかるでしょ？」

「女の悦《よろこ》ばせ方を心得てたんだね」

「そうなの。性感帯を的確に刺激して、どんどんいい気持ちにさせてくれたのよ。中高年の男の愛撫はたいていねちっこいんだけど、ツボを外したりすることが多いのよね」

「故人は若いころから女遊びを重ねてたみたいだから、性技に長《た》けてたんだろうな」

「そうなのよ。抽送《ちゅうそう》の仕方も変化に富んでたわ。六、七回浅く突いてから、一気に深く沈み込んでくるの。亀頭《きとう》が子宮口に当たるぐらいの勢いでね。やだ、わたし、ストレートに言い過ぎよね」

「被害者はＡＶ男優顔負けだったようだな」

「本当にそうね。だから、わたしはちょくちょくパパに抱かれるようになったの。ちっとも好きじゃなかったけど、セックスパートナーとしては最高だったから。わたしも、たっぷり返礼してやったわ。フェラチオは下手《へた》じゃないんで、沼部のパパはすごく感じてたわね」

七海が妖《あや》しい笑みを浮かべ、脚を大胆に組んだ。内腿が露《あらわ》になり、レースの黒いパンティーも覗けた。

「興味深い話なんだが、少し確認させてもらってもいいかな」

「話を脱線させちゃって、ごめんなさい」

「そんなことで、沼部さんの世話を受けるようになったんだ？」

「そうなの。パパはメリットのない相手には無愛想だったし、とてもケチだったわ。でも、わたしが甘えると、どんなわがままも聞いてくれたわね。ブランド物のバッグや服を買ってくれたし、超高級レストランにも連れてってくれた。だから、パパのことを少しずつ好きになったの。わたしが気を許しはじめると、沼部のパパは自分の若いころの話をするようになったわ」

「どんな話を聞かされたのかな？」

「パパは愛知《あいち》県の農家のひとり息子だったんだけど、小二のときに両親が旅行先で交通事故死しちゃったんだって。父母もひとりっ子同士だったんで、遠い親類の家々をたらい回しにされて育ったらしいの」

「そうみたいだね」

真崎は短く応じた。捜査資料には被害者の生《お》い立《た》ちも記述されていた。

沼部は遠縁宅を転々としながら、義務教育を終えた。その後は働きながら、定時制高校に進み、さらに都内の私立大学の二部で学んだ。

「居候《いそうろう》先では他人の顔色をうかがいながら、毎日びくついて生きてたんだって。卑屈《ひくつ》になってる自分に嫌悪感を覚えたらしいんだけど、中学を出るまでは死んだように生きてたそうよ」

「被害者は苦労したようだな」

「そうだったんだって。社会人になってから、パパは人間がお金に弱いってことを改めて知ったみたいよ。財力さえあれば、たいていの夢は叶《かな》う。他人にへいこらしなくても済む。だから、沼部のパパはどんな手段を使ってでも大金を摑もうと決心したそうなの。でも、二流私大の二部を出ても、憧《あこが》れの巨大商社には入れなかった。それでね、大手スーパーに就職したらしいの。バイヤーの仕事は働き甲斐《がい》があったみたいなんだけど、所詮《しょせん》は勤め人よね。このままじゃ金持ちになれないと焦《あせ》りはじめたころ、別れた奥さんと知り合ったんだって」

「そうみたいだな」

「パパは、元妻の実家の敷地が広いことを知ったんで積極的に求愛したらしいわ。女をおだてることがうまいから、相手もだんだんパパに惹《ひ》かれたんでしょうね。大恋愛の末に結ばれたと思われてるみたいだけど、沼部のパパは結婚相手の実家の土地と建物を担保にして、そのうち独立資金を借りる腹積もりだったんじゃないのかな」

「沼部さんがそう言ってたのか？」

「ううん、そうじゃないわ。沼部のパパは大手スーパーを辞《や》めて大岡山に自分の店を開いたのよ。そのとき、別れた奥さんの実家の不動産を担保にして銀行から事業資金を工面《くめん》したと言ってたわ」

「そう。しかし、大岡山のスーパーは大きな負債を抱えて倒産してしまった。そのとばっちりで納品してた食品卸問屋も潰れてしまったようだ」

「そうなんだってね。借金取りに責め立てられてる奥さんや息子さんに申し訳ないという気持ちになってパパは離婚話を切り出して、自己破産したと言ってたわ。その後は便利屋で細々と暮らしてたんだけど、資産家の未亡人に再起を促《うなが》されたんで、『共進興業』を興したみたいよ。事業資金は未亡人が提供してくれたらしいけど、もう全額返したと言ってたわ」

「その未亡人は日下麗子という名なんだが、沼部さんから聞いたことがあるかな？」

「ええ、聞いてたわ。沼部のパパは彼女が大金持ちなんで親しくなって損はないと算盤《そろばん》を弾いて、庭の雑草取りや雑用を誠実にこなし……」

「取り入って、未亡人を口説《くど》いたんだろうな。きみに言うのはまずいんだろうが、沼部さんと未亡人は内縁関係にあったんだ」

「そのことは知ってたわ。でも、わたしは平気よ。パパのことはだんだん好きになったといっても、わたしたちはパトロンと愛人という繋《つな》がりだったんだもの」

七海が、あっけらかんと言った。

「きみはドライな生き方をしてるんだね」

「そうかな。パパと結婚したいなんて一遍《いっぺん》も思ったことないから、別にジェラシーなんか感じなかったわ。パパはわたしや未亡人とセックスするだけじゃなく、ほかの女たちとも適当に遊んでたでしょうね。でも、わたしは誰にも嫉妬なんかしなかったわ。嫌いじゃなかったけど、パパとは要するにお金で結びついてたんだから」

「話は違うが、沼部さんはきみに全遺産を遺贈するという内容の遺言状を公正証書にしてたらしいね？」

「ええ、そうよ。けど、現金は二百万しか遺《のこ》ってなかったの。パパの持ち株を『共進興業』の新社長になった倉持さんにそっくり譲ったんで、二千万円ほど懐に入ったけどね。だけど……」

「だけど？」

「パパが持ってた株を売った二千百二十万円は、そっくりスーパー時代の大口債権者の代理人の女性弁護士に持っていかれちゃったの。パパは十年ぐらい前に自己破産してるんだから、昔の債務をいまさら負う必要はないはずだと言ったら、白須茉沙恵《しらすまさえ》という弁護士はね、パパが伊丹秋生という人物宛《あ》てに認《したた》めた誓約書を見せたの。それには、たとえ自己破産しても小生の債務は消えませんと書かれ、実印と思われる判が捺《お》されてた。伊丹という男はスーパー時代の納入業者で、一億円以上の売掛金が未払いのままなんだと言ってたわ。白須という女は弁護士バッジを光らせてたから、わたし、言われるままに保管してあった二千百二十万をそのまま渡しちゃったの」

「その女は偽弁護士だな。そんな誓約書は違法だからね」

「あっ、やっぱり！　おかしいと思ったんで、相手がくれた名刺に刷《す》られていた法律事務所に電話をしたのよ。そしたら、そこは雑貨屋だったわ。わたしは、パパがくれた遺贈分の大半をまんまと騙《だま》し取られちゃったわけね。ああ、なんてことなの。わたしって、間抜けね。大馬鹿者だわ」

「被害届を出したほうがいいな」

「それはやめとく」

「なぜ？」

「半年前から交際してる彼氏がいるの。愛人をやってたこと、知られたくないのよ。わたし、その彼と結婚したいと思ってるの。沼部のパパのセックスパートナーを三年も務《つと》めてたことがバレたら、本気でのめり込んだ彼に逃げられちゃうわ。それは困るのよ。だから、泣き寝入りする」

「後で悔《く》やんだりしないかな？」

「自分でせっせと貯めたお金じゃないから、別に惜《お》しくはないわ。だけど、弁護士になりすました三十二、三歳の女は赦《ゆる》せないわね。おそらく伊丹というスーパー時代の大口債権者が白須茉沙恵と称した女と共謀して、パパの遺産のほとんどを騙し取ったんでしょう」

「そうなんだろうか」

「刑事さん、正体不明の女が何者かわかったら、とっちめてやって」

「その女とつるんでるかもしれない人物に探《さぐ》りを入れてみるか。どうもお邪魔しました」

真崎はソファから、すっくと立ち上がった。

4

鉄骨階段は赤錆《あかさび》だらけだった。

しかも、ステップのネジが緩《ゆる》んでいる。目黒区下目黒一丁目の裏通りに面したアパートだ。『緑風荘《りょくふう》』は築四十年近く経《た》っていそうだった。木造モルタル塗りの二階建ての共同住宅の外壁は、ところどころ剝《は》がれ落ちている。

真崎は鉄骨階段を軋《きし》ませながら、二階に上がった。

羽鳥七海の自宅マンションを辞してから昼食を摂《と》り、このアパートを訪ねたのである。

捜査資料によれば、伊丹秋生は二〇五号室を住まいにしているはずだ。十年前まで食品卸問屋を経営していた男の暮らし向きはよくないのだろう。諸行無常《しょぎょうむじょう》という言葉が脳裏《のうり》を掠《かす》める。

真崎は通路を進んだ。

二〇五号室の前で足を止め、旧式のブザーを押す。なんの応答もない。家電量販店の倉庫で夜間警備員をしている伊丹は、まだ寝《やす》んでいるのだろうか。午後一時四十分を回ったところだ。

部屋の主《あるじ》を叩き起こすのは気の毒だが、あまりのんびりとしていられない。真崎は化粧合板のドアを拳《こぶし》で強く叩きはじめた。三十秒ほど経《た》ってから、室内で人の動く気配がした。

「警察の者です」

真崎はドアとフレームの隙間《すきま》に顔を近づけてから、素姓を明かした。ややあって、ドアが開けられた。

伊丹は格子柄のパジャマの上に、薄手のカーディガンを羽織《はお》っている。瞼《まぶた》が腫《は》れぼったい。

「ごめんなさい。まだ寝《やす》んでらっしゃったようですね？」

「うん、まあ。夜の仕事をしてるんで、たいてい夕方まで寝てるんだよ。といっても、ホストをやってるわけじゃないがね。くっくっく」

「冗談がお好きらしいな」

「別に好きじゃないよ。笑い飛ばしてないと、自分の運の悪さを呪《のろ》いたくなるからさ。十年前、わたしの人生は暗転してしまったんだ」

「とんだ災難でしたね。わたし、二月十二日に発生した刺殺事件の支援捜査に駆り出されたんですよ」

真崎は警察手帳を見せ、苗字《みょうじ》を告げた。

「沼部は納品業者に大変な迷惑をかけたんだから、殺されても同情する気になれないよ。狡《ずる》い人間で、他人を利用することばかり考えてた。あの男がスーパーを潰したんで、わたしの問屋も連鎖倒産してしまったんだ」

「これまでの捜査結果は頭に入ってるんで、そのことはわかっています」

「そうなのか」

「代々木署に捜査本部が置かれて一カ月半が過ぎましたが、捜査が難航しているんですよ」

「沼部はたくさんの人に迷惑をかけたんだから、犯人は捕まらなくてもいいんじゃないの？」

「法治国家ですので、そういうわけにはいきません。伊丹さんの悔しさはわかりますがね」

「そう」

「再聞き込みをさせてもらえます？」

「入ってよ」

伊丹が言い、上がり框《かまち》まで退《さ》がる。真崎は三和土《たたき》に身を滑《すべ》り込ませ、後ろ手にドアを閉めた。

「間取りは１Kだから、奥に上がってもらえないんだよ。万年床の周《まわ》りは、ごみだらけなんでね」

「ここで結構です。早速《さっそく》ですが、伊丹さんは白須茉沙恵という三十二、三歳の女性をご存じですか？」

「知らない。聞いたこともない名前だな。その彼女は何者なの？」

「あなたの代理人と称して沼部さんの愛人宅を訪ねたようなんですよ」

真崎は、羽鳥七海から聞いたことを話した。

「わたしは、沼部からそんな誓約書を取ったことないよ。売掛金の催促はしょっちゅうしてたが。そのたびに沼部の奴は土下座して、もう少し待ってくれと涙声で哀願したんだ。つい情《じょう》に絆《ほだ》されてしまったんだが、あいつには債務をきれいにする気なんかなかったにちがいない」

「そうだったのかもしれませんね」

「そうだったんだよ。沼部は嘘泣きをして、その場を切り抜けてたのさ。あの男はもともと金に汚かったんだ。難癖《なんくせ》をつけて商品の値引きをさせてたんだよ」

「そうだったんですか」

「別の納入業者が強引に売掛金の支払いを迫ったら、沼部は相手の私生活を探偵に調べさせて女性関係のスキャンダルを摑んで……」

「債権者を脅迫したんですか？」

「そうなんだ。それで、売掛金をチャラにしちゃったんだよ。それだけじゃなく、その浮気相手も沼部は寝盗《と》ったんだ。相手は若い人妻だったんだよ」

「汚いことをやるな」

「沼部はそういう奴だったんだ。わたしが売掛金の支払いを急《せ》かしたら、あの男は娘にもっともらしいことを言ってホテルに連れ込もうとしたんだよ。娘は逃げたんだが、姦《や》られてたら、多額の口止め料を要求されてただろう」

「被害者はかなりの悪党だったようだな」

「悪人も悪人だよ。沼部を恨《うら》んでた人間は多かったはずだ。わたしも、そのひとりだがね」

「伊丹さんは酔って『共進興業』に押しかけたことがありますでしょ？　そういう証言を得てるんですよ」

「そんなこと、あったかな」

　伊丹が呟き、視線を逸《そ》らした。

「正直に話してもらえませんか。嘘をついたら、あなたが疑われることになりますよ」

「わたしのアリバイは立証されてるじゃないか。ばかなことを言うなっ」

「アリバイが立証されてるわけですから、伊丹さんが殺人の実行犯ではないことは明らかです。しかし、第三者に沼部努を殺害させた疑いはゼロではない」

「わたしは夜間警備員で細々と喰ってるんだ。殺しの報酬を払う余裕なんかないよ。自己破産こそしなかったが、妻子は散り散りになって、それぞれが貧乏暮らしをしてるんだ。

家族は誰も貯《たくわ》えなんかない。返済能力のないわたしに金を貸してくれる友人や知り合いはいないよ」

「そうかもしれませんね。ただ、あなたの身の上に同情して代理殺人を引き受けた人間がいないとは限らない」

「負けたよ。酒の勢いを借りて、『共進興業』に押しかけたことはある。便利屋に身をやつしてた沼部が再起して家屋解体請負会社を経営してるって噂《うわさ》を耳にしたんで、一度、あいつの会社に行ったんだ」

「やはり、そうでしたか」

「社員たちの制止を振り切って、わたしは社長室に入った。そして、事業は順調のようだから、未払いの売掛金の一部でも払えと言ってやったんだ。そしたら、沼部の奴は……」

「自己破産前の債務は免責になったと言ったんですね？」

「そうなんだ。あいつは薄笑いを浮かべてた。そのとき、一瞬、殺意を覚えたよ。コーヒーテーブルの上にあった南部鉄《なんぶてつ》の灰皿で沼部の頭を強打してやりたい衝動に駆られたが、なんとか自制したんだ。悪態《あくたい》をついて、あいつの会社を後《あと》にしたよ。それだけさ。本当なんだ」

「そうですか」

「沼部がこの世から消えてくれることを願った覚えはあるが、わたしはあの男の死には絶対に絡んでないっ。それだけは天地神明《てんちしんめい》に誓ってもいいよ」

「伊丹さんの言葉を信じましょう」

　真崎は言った。

「ありがとう」

「女弁護士を装《よそお》った自称白須茉沙恵に心当たりはありませんか?」

「ない、ないね」

「羽鳥七海が被害者から遺贈された株を換金した二千百二十万円を騙し取った女の背後には、おそらく誰か首謀者がいるんでしょう。その黒幕は、あなたに罪をなすりつけようとした。伊丹さん、ストレートにうかがいます。あなた、誰かに恨まれるようなことはしてませんか?」

「そんなことはしてないよ。ただ、沼部が家屋解体請負会社を設立するときに資金を提供したのが資産家の未亡人だという噂を聞いたんで、日下麗子に会いに行ったことはある」

「未亡人と被害者は親密な間柄だったという噂も聞いてたのかな?」

「ああ、聞いてたよ。でも、未亡人の私生活の乱れを恐喝材料にして強請《ゆすり》に行ったわけじゃないんだ。日下麗子は夫に死なれて独身なんだから、バツイチの沼部と男女の仲になったとしても、別にスキャンダルにはならない」

「そうですね。強請《ゆす》りようがない」

「わたしも何か事業で再起できればと思っていたので、出資してもらえないだろうかと……」

「その相談に行ったんですね？」

「そうなんだ。日下麗子は事業計画プランを聞かせてくれと言った。わたしは、以前と同じ食品卸問屋をやりたいと打ち明けたんだよ。でも、彼女は出資する気にならないとはっきりと言った」

「それっきりになってしまったんですか？」

「いや、そうじゃないんだ。別の事業計画案を出してほしいと言われたんで、わたしは知恵を絞ったんだよ。ニッチ・ビジネスなら数億を出資してもいいと言ってたんで、いろいろプランを出したんだ」

「それで、どうなったんです？」

「未亡人が興味を示すようなプランは練れなかったんだが、わたしたちは少しずつ打ち解《と》けるようになってた。そんなある夜、わたしたちは未亡人宅で高級ワインを二人で一本半も空けてた。麗子は酔いが回ると、わたしに身を寄せてきた。わたしは久しく女っ気がなかったんで、彼女を抱き寄せて唇を重ねたんだ」

「なるようになったんですね？」

「そうなんだ。ディープキスを交わすと、彼女はシャワールーム付きの寝室にわたしを導《みちび》いた。わたしたちはシャワールームで戯《たわむ》れてから、ベッドに移ったんだよ。麗子は情熱的に口唇愛撫を施《ほどこ》してくれた。オーラル・セックスなんて久しぶりだったから、思わず彼女の口の中で射精してしまったんだよ」

伊丹が恥ずかしそうに打ち明けた。

「未亡人の反応はどうだったんです？」

「優しく慰《なぐさ》めてくれ、ベッドでいろいろサービスしてくれたよ。だけど、二度は完全にはエレクトしなかったんだ。体を繋《つな》ぐことはできたんだが、中折れになってしまってね。麗子は懸命に腰を使ってくれたんだが、結局、だんだん萎《な》えてしまった。あのときは情けなくて、惨《みじ》めだったよ」

「興奮しすぎてたんでしょうね」

「そうだと思うが、彼女は露骨に顔をしかめて、『役立たず！』と吐き捨てるように言ったんだ。その言葉を聞いて、わたしは思わず逆上してしまったんだよ。麗子を牝犬《めすいぬ》と罵《ののし》って、頰《ほお》に平手打ちを浴びせちゃったんだ」

「男のプライドを傷つけられたら、カーッとしますよね」

「そうなんだが、大人げなかったと思うよ。ダブルベッドから転げ落ちた麗子は憎々しげにわたしを睨《にら》んで、『すぐに家から出ていかないと、一一〇番するわよ』と喚《わめ》いたんだ。わたしは小声で謝って、そそくさと成城《せいじょう》にある日下邸を出た。そうするほかなかったたんだ」

「そんなことがあったんですか」

「実を言うと、麗子をなびかせてやろうという気持ちもあったんだよ。沼部には一億以上の売掛金を踏み倒されて腹を立ててたんで、憎い奴に腹いせしたかったんだ。女好きの沼部に抱かれてた麗子にしたら、わたしは期待外れもいいとこだったんだろう。おまけに平手打ちされたわけだから、彼女がわたしを憎んでも仕方がないのかもしれないな」

「それにしても、侮辱《ぶじょく》的なことを先に口走った未亡人のほうがよくありませんね」

「もしかしたら、麗子は仕返ししたくて、わたしを陥《おとしい》れようとしたのかもしれないな」

「まさか⁉」

「沼部の愛人宅を訪ねた偽の弁護士と思われる三十二、三の女は、わたしの代理人と言ったという話だったね？」

「ええ」

　真崎はうなずいた。

「日下麗子はわたしが沼部に十年前の件で恨みを持ってることを知ってて、二千百二十万の詐取犯《さしゅはん》に仕立てようとしたんじゃないのかな。多分、そうなんだろう」

「伊丹さん、落ち着いてください。沼部努は日下麗子と親しい間柄だったわけですが、未亡人はあなたの個人的なことは知らなかったはずですよ」

「麗子は沼部が再起するとき、事業資金を出してやったって噂だった」

「ええ、それは事実です」

「それなら、きっと麗子は出資する前に沼部が自己破産するまでのことを調査会社に調べさせたにちがいない。亡くなった旦那の遺産が多かったとしても、出資する相手のことは気になるだろうから」

「それは、そうでしょうね。そのとき、あなたが経営してた食品卸問屋も連鎖倒産したことを知った？」

「そうなんだろうな。そうなら、麗子がわたしを詐欺事件の主犯にしようとしたと考えられるじゃないか。彼女はわたしに牝犬と蔑《さげす》まれて頬を張られたことがすごく悔しかったんだろう。だから、その腹いせにわたしを犯罪者に仕立て上げようとしたんじゃないだろうか」

「その推理には、少し無理があるんじゃないかな。未亡人があなたに侮辱されたことを根に持ってたとしましょうか。そうだったとしても、わざわざ手の込んだ方法で仕返しをする必要はないでしょう」

「そうかな」

「日下麗子は亡夫の遺産を相続して、金には不自由してないんです。少しまとまった金を握らせれば、伊丹さんをとことん痛めつけてくれる奴は簡単に見つかるでしょう」

「だろうね。しかし、わたしに怪我を負わせる程度では気が済まなかったんじゃないのか。だから、麗子はわたしを〝犯罪者〟にフレームアップしたかったんだと思うよ。チンピラか誰かに六十近いわたしを半殺しにさせても、すっきりしないでしょ？　売り言葉に買い言葉だったとはいえ、わたしは彼女を牝犬《いぬ》とまで言ってしまったんだ。ひどく侮辱されたら、相手に重い報復をする気になるんじゃないかね。わたしは、そう思うよ」

「そうでしょうか。あなたの推理が正しいとしても、金銭絡みの詐欺事件の犯人に仕立てようとしますかね。日下麗子があなたに強烈な仕返しをしたいと考えてたとしたら、殺人犯にすることも可能だったでしょう。そうしたほうが、はるかに大きなダメージを与えられます」

「その通りなんだが、殺人事件の被害者に利害関係がなかったら、わたしを殺人犯に仕立てることはできない。わたしは、沼部が世話をしてた愛人とは一面識もないわけだよ。犯行動機がなければ、警察もわたしを疑いようがないはずだ」

「ええ、確かにね」

「沼部の愛人には会ったこともないんだが、その彼女とは間接的な接点はある。どちらも沼部のことはよく知ってるんだから」

「そうですね」

「麗子が沼部の過去のことを調査会社に調べさせてたとしたら、彼女はわたしが連鎖倒産してからは貧乏してたことをわかってたと思われる。それで、わたしが沼部の持ち株を換金した愛人からキャッシュを騙し取ったと疑える細工を考えたんじゃないのかな」

「伊丹さんの筋読みは、並の刑事よりも緻密《ちみつ》だな。舌を巻きましたよ」

「ヨイショされても、げっぷぐらいしか出ないよ。とにかく、日下麗子はわたしを陥れるつもりだったんだろう。確証があるわけじゃないが、わたしはそう思ったんだ」

伊丹は自信ありげな口調だった。

「そうなんですかね」

「女の恨みは怖いと言うじゃないか。弁護士を装って沼部の愛人宅を訪れた自称白須茉沙恵は、麗子と何らかの繋がりがある気がする。そのあたりを少し調べてみたら、何か見えてくるんじゃないのかな。ひょっとしたら、沼部と麗子の間に何かトラブルがあったのかもしれないぞ」

「捜査本部は、麗子はシロと判断したんですよ。被害者との間に痴情《ちじょう》の縺《もつ》れはなかったし、アリバイも立証されてますんでね」

「麗子自身が沼部を刃物で刺し殺したとは思ってない。でも、誰かに沼部を殺《や》らせた疑いがないとは言えないな。女どもは嘘をつくのが上手だからね。聞き込みのとき、正直には話さなかったこともあるかもしれない。周囲の者たちに口裏を合わせてもらって、捜査当局の目を巧《たく》みに逸《そ》らしたとも疑えなくはないでしょ？」

「作家か誰かが、エッセイに『どんな女性も女優の要素があるから、言ってることを鵜呑《うの》みにするのは危険だ』と書いてた。実際、その通りだよ。若いころ、わたしも夜の蝶《ちょう》たちにさんざん騙《だま》されたんだ」

「そうですね」

「夜の蝶ですか」

「もう死語かな。余談はさておき、麗子を調べ直したほうがいいんじゃないの？」

「拝聴しておきます。夕方まで、また寝《やす》んでください。失礼します」

真崎は一礼し、ドアのノブに手を掛けた。

第三章　謎の美女の正体

1

まさしく豪邸だった。

成城二丁目にある日下邸だ。敷地は優に三百坪はあるだろう。気後《きおく》れしそうだった。

真崎はスカイラインを日下邸の石塀に寄せ、運転席から出た。伊丹の自宅アパートを出てから、成城の高級住宅街に回ってきたのだ。

真崎は日下邸の門扉《もんぴ》に歩み寄り、インターフォンのボタンを押した。

少し待つと、女性の声で応答があった。

「どちらさまでしょう？」

「警視庁の者です。失礼ですが、日下麗子さんでしょうか？」

真崎は名乗って、まず確かめた。

「はい、そうです。沼部さんのことでお見えになったのかしら？」

「ええ、そうです。捜査に進展がないもので、再聞き込みをさせてもらうことになったんですよ」

「そうなんですか。あなたは捜査本部の方なのですね？」

「いいえ、そうではありません。正規のメンバーではなく、第二期目の途中から支援に駆り出されたんですよ。少しお時間を割《さ》いていただけませんでしょうか？」

「もちろん、協力します。沼部さんとは親しくしていましたし、以前は『共進興業』の役員をしてましたので。門扉のロックを解除しますので、ポーチまでお入りになって」

麗子の声が熄《や》んだ。

真崎は重厚な扉を抜け、石畳のアプローチを進んだ。広い内庭は西洋芝で覆《おお》われている。庭木の手入れは行き届き、常緑樹の葉は艶《つや》やかだ。庭園灯は値が張りそうだった。

カーポートには、赤いアルファロメオと白いポルシェが並んでいる。二台とも、まだ新しい。麗子は一年ごとに高級外車を買い換《か》えているのではないか。

真崎は長いアプローチをたどり、大きな洋風住宅のポーチに上がった。ほとんど同時に、玄関のドアが開けられた。

現われた未亡人は若々しかった。とても四十六歳には見えない。十歳ほど若く映った。

真崎は警察手帳を呈示した。麗子が笑顔で来訪者を迎え入れる。

玄関ホールはとてつもなく広い。壁面には、マリー・ローランサンの油彩画《ゆさいが》がさりげなく飾られている。まさか複製画ではないだろう。

真崎は、玄関ホールに面した応接間に通された。

三十畳ほどの広さだ。斬新なデザインの応接ソファは外国製と思われる。頭上のシャンデリアは、バカラの特注品だろうか。

日下麗子は真崎をふっくらとしたソファに腰かけさせると、応接間から出ていった。コーヒーか日本茶を淹《い》れてくれる気になったのではないか。

真崎は、ぼんやりと家具や調度品を眺め回した。いかにも高価そうな物ばかりだった。

麗子の亡夫は貿易商として成功し、二十四歳年下の後妻と再婚した。前妻は十八年前に病死している。

麗子は初婚だった。資産家の後妻になるまで、外資系の投資会社に勤めていた。麗子はアメリカ人支社長の秘書として働いていたようだ。いずれも捜査資料で得た情報である。

五、六分待つと、麗子が応接間に戻ってきた。捧《ささ》げ持った洋盆《トレイ》には、マイセンのコーヒーカップが載《の》っている。一つだった。

「どうかお構いなく……」

真崎は恐縮した。麗子がほほえんで、大理石《だいりせき》のコーヒーテーブルにトレイをそっと置いた。そして、マイセンの茶碗を真崎の前に移した。

「ブルーマウンテンはお嫌い？」

「コーヒーは大好きですが、いつも豆はブレンドしたのを飲んでるんですよ。高級なブルーマウンテンなんか年に数えるほどしか飲めません。警察官の俸給《ほうきゅう》はあまりよくないんです」

「それでも、中小企業のサラリーマンよりも待遇がいいって話をどこかで聞きましたよ」

「同じぐらいなんじゃないかな」

「そうなんですか。市民を命懸《が》けで守ってるのにね」

「大企業の社員みたいに給与面で恵まれてるわけではありませんが、刑事の仕事が好きなんですよ」

真崎は言った。

「そう。でも、殉職することもあるんですから、大変なお仕事ですよね。偉いわ」

「そんな……」

「何からお話しすれば、いいのかしら？」

麗子が向かい合う位置に坐った。両脚は斜《なな》めに揃《そろ》えられている。

「被害者の沼部努さんとは、内縁の間柄だったんですよね？」

「そう思われていたかもしれませんけど、わたしたちは同居してたわけじゃなかったんです。代々木の彼の自宅マンションに週に何回か通って泊まっていましたが、内縁の妻という意識はありませんでしたね。もちろん、沼部さんのことは嫌いじゃなかったわ。でもね、束縛《そくばく》し合ってはいなかったんですよ。だから、彼は別の女性たちともうまくつき合ってたし、わたし自身もたまに違うボーイフレンドと朝まで一緒に過ごすことがありました」

「大人同士のおつき合いだったんですか」

「ええ、そうだったの。だから、お互いに干渉し合ったりしませんでした」

「確認させてもらいたいんですが、日下さんは沼部さんに再起のチャンスを与えましたよね？」

「そういうことになるのかしら。沼部さんはスーパーの経営に失敗して自己破産したけど、便利屋で終わらせるのはもったいないと思ったんですよ。事業家としてのセンスはあると感じてたんで、何かビジネスをしてみたらと勧《すす》めたの。沼部さんはあれこれ考えた末、家屋解体請負会社を設立する気になったんです」

「そのころは自己破産してから五年が経過してたんでしょうから、金融機関との取引は再開できたと思うんですが……」

真崎は言って、コーヒーカップを口に運んだ。ふだん飲んでいるブレンドコーヒーよりも、はるかに味が深い。香りもよかった。

「沼部さんは便利屋として信用を得てたようですけど、ろくに貯《たくわ》えなんかなかったんですよ。担保物件のない元自己破産者に事業資金を融資してくれる銀行や投資会社はありません。それでも、沼部さんはあらゆる金融機関に融資の相談に行ったようです」

「しかし、事業資金を貸してくれる銀行も信用金庫もなかった?」

「そうなの。わたしは彼に商才があると思っていましたので、開業資金を提供する気になったんですよ。亡くなった主人の遺産を相続して、金銭的な余裕はあったんでね」

「出資して、『共進興業』の役員になられたんですね?」

「ええ、そうです。創業して一年半は赤字でしたけど、その後は徐々に年商をアップさせて内部留保も増えたんですよ。沼部さんはわたしが出資したお金を返済してくれました。会社の経営が安定したので、わたしは役員を退《ひ》くことにしたんですよ。所有株を沼部さんに譲渡して、経営にはまったく携《たずさ》わらなくなったの。個人的なおつき合いは、変わりませんでしたけどね」

「これまでの捜査で日下さんと被害者の間に金銭や愛情のトラブルはなかったことはわかっています。それから、あなたのアリバイも立証されました」

「やだ、刑事さんはわたしが第三者に沼部さんを殺させたとでも疑ってるの⁉」

麗子が声を裏返らせた。

「そこまでは疑っていません。ただ、被害者も日下さんも若い世代ではないですよね。失礼な言い方になりますが……」

「気を遣《つか》わなくても結構よ。わたしは若造りしてるけど、紛《まぎ》れもなく中年女だわ。沼部さんも、おっさんだったわよね」

「そういうお二人が恋愛に関してドライになり切れるものかどうか、その点に少し引っかかってるんですよ。親密な男女なら、相手を独占したいと思うんではありませんか？」

「二、三十代のカップルなら、そうでしょうね。でも、中高年になれば、永遠《とわ》の愛なんて幻想だと知ってしまうじゃない？」

「そうかもしれませんが……」

「わたしと沼部さんは、メンタルな結びつきが特別に強かったわけではないんですよ。わかりやすく言っちゃうと、体の相性がぴったり合ったわけ。だから、離れられない仲になっちゃったのよ」

　麗子が好色そうに笑った。

「そういうことだったんですか」

「要するに、大人同士のつき合いだったわけよね。愛欲だけで繋《つな》がってたのかもしれませんね。だから、沼部さんに女の影がちらついてても、嫉妬《しっと》に狂うことはなかったの。彼も同じだったと思うわ。わたしが時々、別の男性に抱かれてることは薄々、気がついてたはずですから」

「それでも、ジェラシーめいたことはまったく言わなかったんですか？」

「ええ、言わなかったわね。沼部さんと愛情の縺《もつ》れなんかなかったし、金銭のトラブルも起こしたことはありませんでした。だから、わたしが誰かに沼部さんを殺させる動機はないわけよ」

「そういうドライな関係だったのでしたら、沼部さんを第三者に殺《や》らせたりはしないでしょうね」

「これで、わたしに対する疑惑は消えました？」

「ええ」

真崎はうなずいた。

二人の間に、気まずい沈黙が横たわった。真崎は未亡人に詫《わ》びる気になった。口を開く前に麗子が静寂を破った。

「別に気分を害してなんかいないから、謝らなくてもいいのよ。男と女は肉欲だけで繋がれるの。そのことは、わたし、体験で学んだんですよ。もしかしたら、淫乱なだけなのかもしれないけどね。うふふ」

「どう応じればいいのかな」

「好きなように反応したら？　スケベ女と軽蔑《けいべつ》されてもいいわ。事実、わたしはセックスが好きなの。亡くなった夫はずっと年上だったから、バイアグラの力を借りないと妻を抱けなかったのよ。それだから、よく変態的なことをさせられたわ」

「そうですか」

「死んだ夫は何か強烈な刺激を受けて、衰えた男性機能を回復させたかったんでしょうね。ある晩、夫は見知らぬ若い男性を家に連れてきて、自分の目の前で交わってくれないかと言いだしたの。わたし、自分の耳を疑いましたよ」

「当然でしょうね」

「夫は真顔《まがお》でした。それでね、その若い男にわたしをレイプしろと命じたの」

「本当ですか⁉」

真崎は驚きを隠さなかった。

「作り話じゃないわ。わたしはびっくりして、家中を逃げ回りましたよ。だけど、相手に押さえ込まれてキッチンで穢《けが》されてしまったの。夫はすぐそばで、わたしが犯されるとこを見てたわ。にやにやしながらね」

「そんなひどい目に遭《あ》ったのに、なぜ離婚しなかったんです？」

「わたし、主人の包容力に惹《ひ》かれていたので後妻になったんですよ。もちろん、財産にも目が眩《くら》んでたわ。それだから、離婚する気はなかったの。知らない相手を家に連れてくるようなことはなくなったけど、死んだ夫のアブノーマルな要求はつづいたわ。わたしは夫とのセックスを望んでいたのよ。でも、めったに一つになれなかったんです」

「そうですか」

「夫が亡くなるまでセックスレスが長くつづいたの。それだから、沼部さんに上手《じょうず》に口説《くど》かれたら、拒《こば》めなくなってしまったの。彼は大変なテクニシャンでした。官能を煽《あお》りに煽られて、わたしは狂ったように乱れたわ。たった一度のセックスで、わたしの体は沼部さんの虜《とりこ》になってしまったのよ」

「そうだったんですか」

「それに彼には商才があると見込んでたから、出資したお金を丸々失うようなことはないと思ってもいたの。くどいようだけど、沼部さんを独《ひと》り占《じ》めにしたいと願ったことは一度もなかったわ」

「わかりました。あなたは故人がライバル会社の『代山産業』に見積りを出させた客を横奪《ど》りして恨みを買ってたことをご存じでした？」

「ええ、聞いてたわ。『代山産業』の橋爪とかいう営業部長を抱き込んで、ライバル社のお客さんを奪ったと故人が言ってました。『代山産業』の社長は元やくざだから、かつての弟分を使って厭《いや》がらせをしてきたらしいの」

「それは事実です。代山社長が浜畑という昔の舎弟《しやてい》にスパイめいたことをした橋爪徹を半殺しにさせたことも間違いありません」

「それなら、代山というライバル社の社長が誰かに沼部さんを葬《ほうむ》らせたんじゃないのかな。刑事さん、そう疑えるでしょ？」

「代山と周辺の人間を調べ直してみました。しかし、二月の刺殺事件に関与してる者はいなかったんですよ」

「えっ、そうなの。それじゃ、誰が犯人なんだろう？　わたしには、ほかに思い当たる人間はいません」

麗子が考える顔つきになった。

「そうですか。ところで、羽鳥七海という名に聞き覚えはありませんか？」

「その名前は初めて聞くけど、もしかしたら、沼部さんが面倒を見てた女性じゃない？」

「いい勘《かん》してますね。実は、そうなんですよ。沼部さんは息子さんが相続放棄したようで、羽鳥七海さんに遺産をそっくり遺贈するという遺言状を公正証書にしてたみたいなんですよ。それなのに、相続人は現金二百万と故人の持ち株を現金化した二千百二十万円しか受け取っていません」

「沼部さんの遺産は、もっと多いはずよ。そのうち八階建ての売りマンションを一棟購入するつもりだと言ってましたんで……」

「わたしも、故人の遺産が少ないことを訝《いぶか》しく思いました。沼部さんはスイスかオーストリアの銀行に秘密口座を持ってませんでしたか？」

「わかりません。ことお金については、彼、秘密主義だったんですよ。わたしたちは夫婦ではなかったので、あまり詮索《せんさく》はしなかったの。わたしは夫の遺産で一生食べていけるので、沼部さんの資産のことなんか特に関心はなかったんです。でも、彼の口ぶりだと、かなり蓄財はあったようだったわね。少なくとも、遺産総額が二億円以下ってことはないはずですよ」

「でしょうね。また話は飛びますが、あなたは伊丹秋生さんをご存じでしょ？」

「その名前には聞き覚えがあるけど、さて、どこの誰だったかしら？」

「あなたは伊丹さんと高級ワインを一本半開けて打ち解け、一緒にシャワールームで戯《たわむ》れたんでしょ？　伊丹さんはそう言ってましたよ」

「あの男、そんなことまで刑事さんに喋《しゃべ》ったの⁉　役立たずのくせに、口が軽いわね」

「伊丹さんはあなたに事業資金を出資してもらいたくて、いろいろプランを練って幾度か日下邸を訪れた。ある夜、あなたは伊丹さんをシャワールーム付きの寝室に誘い込んだ。久しく柔肌に触れてなかった伊丹さんは口唇愛撫を受けてるうちに、思わず射精してしまった」

「あの男、そこまで話したの⁉　呆《あき》れた！」

「事実だったようですね。あなたは伊丹さんを力づけて、ベッドでサービスに励《はげ》んだ。しかし、ペニスは雄々《おお》しく猛《たけ》らなかった。まともにセックスできなかったことにあなたは腹を立て、伊丹さんを〝役立たず〟と面罵《めんば》したそうですね」

「いろいろ刺激してやったのに、なかなかエレクトしなかったんで、つい……」

「侮辱《ぶじょく》された伊丹さんは逆上し、あなたを牝犬と侮蔑《ぶべつ》して、平手打ちを見舞った。あなたは伊丹さんがかつて食品卸問屋の社長だったことを沼部さんから聞いてたんでしょ？」

真崎は畳みかけた。

「食品卸問屋を経営してたって話は本人が言ってたのよ。沼部さんから聞いたんじゃないわ」

「本当なんですか？」

「ええ、嘘《うそ》じゃないわ」

「伊丹さんは、沼部努さんが経営してたスーパーの納入業者のひとりだったんですよ。沼部さんが自己破産したことによって、伊丹さんの問屋も連鎖倒産してしまった。一家は離散して、おのおのが自活せざるを得なくなりました」

「それは気の毒だけど、わたしには関係ない話でしょ？」

「別に、あなたを責めてるんではありません。伊丹さんの問屋がとばっちりで連鎖倒産したことを説明しておく必要があったんですよ」

「どういうことなの？」

麗子が前屈《まえかが》みになった。

「沼部さんが世話してた羽鳥七海さんは、パトロンの持ち株を『共進興業』の倉持新社長に売った金をそっくり広尾の自宅マンションに置いてたんですよ。ある日、伊丹秋生の代理人と称する偽の女弁護士が沼部さんのスーパー経営時代の売掛金の取り立てだと称して、株の売却代金二千百二十万を持ち去ったらしいんです」

「沼部さんはスーパーを潰《つぶ》したときに自己破産してるんだから、それまでの債務はすべて消える形になったはずよ。話がおかしいわ」

「弁護士になりすました三十代前半の女は、沼部さんが伊丹さんに渡した誓約書を見せたらしいんですよ。その誓約書には、自己破産後も一億円以上の売掛金を必ず返済すると認《したた》められてたそうなんです。沼部さんの署名・捺印《なついん》もあったという話でした」

「弁護士に化けた女は偽造した沼部さんの誓約書を羽鳥七海って女に見せて、株を売ったお金を詐取《さしゅ》したんでしょう」

「そうだと考えられますね。弁護士を装《よそお》った女は、白須茉沙恵と名乗ったらしいんですよ。その人物に心当たりは？」

「なんでそういう質問をわたしにするの？　真意がわからないわ」

「大金を詐取した女は、伊丹さんが背後にいると匂わせる言動をしてるんですよ。伊丹さんを陥《おとしい》れようと画策《かくさく》したことは明らかでしょ？」

「多分、そうなんでしょうね」

「意地の悪い見方をすれば、あなたが伊丹さんに仕返しをしたのかもしれないと疑えないこともないでしょ？　あなたは伊丹さんに牝犬と侮辱され、顔面に平手打ちを見舞われたんですから」

「そうだったけど、わたしはそんな仕返しなんか考えないわ。お金には困ってないから、沼部さんの愛人から株の売却金を騙し取る必要なんかない。あなた、妙な言いがかりをつけないでちょうだい。失礼だわ。不愉快ですっ」

「どうやら早とちりのようでしたね。深くお詫びします。刑事は、なんでも疑ってみる習性があるんですよ。申し訳ありませんでした」

真崎は額《ひたい》をコーヒーテーブルの近くまで下げ、ソファから腰を浮かせた。

2

偽の女性弁護士はいったい何者だったのか。

真崎は筋を読み違えたことを悔みながら、スカイラインのエンジンを始動させた。日下邸の前だ。

羽鳥七海の自宅マンションに引き返し、弁護士を装った三十代前半の女の人相着衣を詳しく教えてもらう気になっていた。確か『広尾ロワイヤルパレス』には、防犯カメラが設置されていたはずだ。

まだマンション管理会社に回収した防犯カメラの映像が保存されているだろう。そうなら、二千百二十万円の現金をまんまと騙《だま》し取った女の姿が映っているにちがいない。

　真崎はシフトレバーをD《ドライブ》レンジに入れかけた。

　ちょうどそのとき、懐で私物のスマートフォンが振動した。職務中はいつもマナーモードにしてあった。息子の翔太が下校時に交通事故にでも遭《あ》ったのか。禍々《まがまが》しい予感が膨《ふく》らむ。真崎はスマートフォンを急いで掴《つか》み出し、ディスプレイを見た。発信者は野中だった。

　真崎は予感が外れ、ひと安心した。隠れ捜査の流れを元部下のやくざに伝える。

「白須茉沙恵と称した偽弁護士が伊丹秋生の代理人の振りをしたってことは、真崎さんが推測した通りだったんでしょう。連鎖倒産した元食品卸問屋の社長を陥れたかったんだろうね」

「そう思ったんで、被害者《マルガイ》と親密だった資産家の未亡人を揺さぶってみたんだよ。日下麗子は伊丹に牝犬と罵《ののし》られた上に、顔面を平手打ちされたんだから」

「聞き込みで伊丹から、真崎さんはその話を聞いたわけだから、日下麗子が偽の女弁護士を使って仕返しをしたんじゃないかと思っちゃいますよね」

「しかし、麗子に会って、おれはミスリードに引っかかったと確信を深めたよ。好色な未亡人は、白須茉沙恵と名乗った謎の女を操《あやつ》ってないだろう。麗子は金に不自由してないんだ。よく考えれば、未亡人が二千百二十万円を騙し取るわけない」

「そうでしょうね。けど、真崎さんがミスリードを見抜けなかったのは仕方がないんじゃないかな。麗子は伊丹に侮辱されたんで、その仕返しに元食品卸問屋の社長を犯罪者に仕立てようとしたんじゃないのかと筋を読んでも……」

「野中、ずいぶん上から目線で物を言ってるじゃないか。麻布署にいたころ、そっちはおれの上司だったたっけ？」

「真崎さん、いじめないでくださいよ。偉そうなことを言ったつもりはないんだがな」

野中が言い訳した。

「わかってるよ。おまえを少しからかっただけさ。これから、羽鳥七海のマンションに引き返すつもりだ。『広尾ロワイヤルパレス』の防犯カメラに偽の女弁護士の姿が映ってるだろうからな。マンション管理会社に画像が保存されてれば、白須茉沙恵と名乗った女の面《つら》はわかる」

「どうせ偽名を使ったんだろうが、姿かたちがわかりゃ、身許《みもと》の割り出しもできるでしょう。その女は、素《す》っ堅気《かたぎ》じゃないのかもしれませんね」

「ただのOLが堂々と詐欺《さぎ》なんか働けないだろうから、野中の言った通りなんだろう」

「マンション管理会社で問題の女の画像を受け取ったら、真崎さん、おれにデータを送ってください。裏のネットワークに一斉送信するからさ。そうすりゃ、何か情報がわかるかもしれないでしょ？」

「ああ、そうだな」

「おれ、きょうから塒《ねぐら》を神谷町《かみやちょう》のマンスリーマンションに移したんですよ」

「昔の女が飯倉片町《いいぐらかたまち》のリースマンションを嗅《か》ぎつけて、金でもせびりにきたか？」

「その程度なら、逃げだしませんよ。半年ぐらいつきあったクラブホステスが、おれの子供を密《ひそ》かに産んでシングルマザーになってたというんだ。女ひとりで子供を育てるのは厳《きび》しいんで、自分たち母子の面倒を見てくれないかと泣きつかれたんですよ」

「で、おまえはどうしたんだ？」

「その女は売れないミュージシャンと二股をかけてたことを知ってたんで、親子のDNA鑑定をしてもらおうと言ってやったんだ。そしたら、昔の女は二歳ぐらいの坊主を抱きかかえて退散しました。その子、かわいい顔立ちしてた。多分、父親は売れないミュージシャンだろうね」

「昔の彼女が焦《あせ》って逃げ出したんだったら、なにも塒を変えることはなかったんじゃないか」

「おれ、子供に服でも買ってやれって最初に二十万を昔の彼女に渡しちゃったんですよ。危ない時期に何度もナマでナニしたことがあったんでね」

「ひょっとしたら、妊娠させたかもと思ったわけか」

「そうなんです。でも、連れてきた子供はおれにまったく似てなかった。母親とも顔立ちが違ってたんですよ」

「で、売れないミュージシャンの子だと判断したわけだ？」

「そうです。二十万を渡したことで味をしめた女がまた訪ねてきたら、たまらないでしょ？　だから、別のマンスリーマンションに移ることにしたんですよ」

「追分組に足《ゲソ》つけても、悪党になりきれないいんだな。代貸《だいがし》にはなれないだろうが、そういう野中は嫌いじゃないよ。後《あと》でデータを送信することになるかもしれない。そういうことで、よろしくな」

真崎は電話を切った。専用覆面パトカーを発進させ、広尾に向かう。

目的の場所に着いたのは午後五時過ぎだった。黄昏《たそがれ》が迫っていた。真崎は路上にスカイラインを駐《と》め、『広尾ロワイヤルパレス』の集合インターフォンに足を向けた。

羽鳥七海は自分の部屋にいた。真崎は名乗って、再訪した理由を告げた。

「偽弁護士を操《あやつ》ってたと思われる人物には怪しい点はなかったのね？」

「そうなんだ。こっちの推測は外れてたようなんだよ」

「その人物は誰なの？」

七海が問いかけてきた。

「その質問には答えられないな。捜査内容を部外者に話すことは禁じられてるんだ」

「そうでしょうね」

「白須茉沙恵と称した女の容姿の特徴を教えてくれないか」

「ちょっと冷たい感じだったけど、目鼻立ちは整ってたわ。くっきりとした目で、鼻は高くて細かったな。顔は卵形だったわ。唇はやや薄かったわね」

「顔に黒子《ほくろ》は？」

「黒子はなかったと思う。笑うと、口角《こうかく》が上がるの。それが印象的だったわ」

「身長はどのくらいだった？」

「百六十二、三センチだろうけど、ヒールの高い靴を履《は》いてた。ヒール、七センチ以上はあったんじゃないかな。だから、わたしは相手を少し見上げる感じだったの」

「そう。どんな服装だった？」

「サンドベージュのスーツをきちんと着てたわ。ブラウスは純白だったわね」

「そこまで細かく憶《おぼ》えてくれてたんで、だいぶ参考になったよ。だが、それだけで謎の女を割り出すのは難しいな。マンションの出入口付近に防犯カメラが設置されてたが、画像はこの建物の管理を任されてる不動産会社が保管してるんだろう？」

「ええ、そう。恵比寿《えびす》駅の近くにある『明正《めいせい》エステート』というマンション管理会社に三カ月分は保管されてるはずよ。その会社の社員が以前、そう言ってたから、間違いはないんじゃない？」

「だろうね。じゃあ、その会社に行ってみるよ」

「なんなら、わたしが案内してもいいけど。ちょうど『明正エステート』に行こうと思ってたのよ。わたし、今月いっぱいで部屋を引き払うつもりなんだ」

「沼部さんに隠れて交際してた彼氏と結婚することになったのかな？」

真崎は訊いた。

「わたしは早くプロポーズしてほしいと思ってるんだけど、まだそこまで進んでないの。沼部のパパが死んじゃったんだから、もう家賃の高いマンションには住めないでしょ？」

「もう少し安い賃貸マンションを借りるつもりなんだ？」

「そうなの。三、四分待ってて！　わたし、外に出て行くから」

「なら、覆面パトカーの中で待ってるよ。黒いスカイラインだ」

「民間人のわたしを同乗させてもいいの？」

「ルール違反だが、こっちは堅苦しいことは好きじゃない」

「少し崩れた男性《ひと》って、なんか素敵よね。ルール違反をするついでに、覆面パトカーでモーテルに乗りつけちゃう？」

「おれは沼部努ほどテクニシャンじゃないから、遠慮しておくよ」

「冗談の返し方が大人ね。急いで下に降りるわ」

スピーカーが沈黙した。

真崎は集合インターフォンから離れ、大股でスカイラインに戻った。素早く運転席に入る。少し待つと、七海が自宅マンションのアプローチから走り出てきた。

真崎は無言で助手席を指差した。ほどなく七海が助手席に乗り込んできた。香水の匂いが車内に拡《ひろ》がる。シャネルか。

「いい香りがするな」

「あっ、まずかったわね。覆面パトカーの中に香水の匂いが籠《こも》ったら、同僚の人たちに変に思われちゃうじゃない？」

「ナンパした女と車内でナニしたと言っておくよ」

「きゃは！」

「道案内してくれないか」

真崎は車を走らせはじめた。

七海の指示通りに進む。十分も経たないうちに、『明正エステート』に着いた。真崎はマンション管理会社の専用駐車場にスカイラインを入れ、七海につづいて車内から出た。

二人は受付カウンターに直行した。

七海が受付の女性に『広尾ロワイヤルパレス』の入居者であることを告げ、真崎は刑事だと付け加えた。真崎は相手に警察手帳を呈示し、来訪の目的を伝えた。

受付の女性が緊張した面持《おもも》ちで、事務フロアの奥に向かった。

待つほどもなく、四十代半《なか》ばの男性社員がやってきた。胸ポケットに名札が差し込まれている。滝沢《たきざわ》という姓だった。

滝沢に導《みちび》かれて、真崎は七海と奥まった所にある小部屋に入った。スチールの棚《たな》にはラックが並び、DVDやビデオカセットがびっしりと詰まっていた。

三台のモニターの前に幾つか折り畳み式のパイプ椅子が置かれている。滝沢に勧《すす》められ、真崎たち二人はパイプ椅子に坐った。

「不審な女性が羽鳥さんの部屋を訪ねたのは、三月の何日のことでした？」

滝沢が七海に訊《たず》ねた。

「三月二十六日の午後七時過ぎだったと思うわ」

「それじゃ、その日の午後六時半以降に録画された映像をモニターに流してみます」

「お願いします」

真崎は、七海よりも先に応じた。録画を観《み》せてもらうには、それなりの書類が必要だった。しかし、滝沢はそのことにまったく触れなかった。好都合だ。真崎は安堵《あんど》した。

滝沢がスチール棚に近寄り、ラックから一枚のDVDを抓《つま》み出した。デッキに手早くセットし、映像を再生させる。

真崎はモニターを凝視した。

「もう少し先のようですね」

滝沢が映像を早送りした。倍速だった。画像が速《すみ》やかに流れる。

通常のスピードに戻されて間もなく、真崎の目に白須茉沙恵と思われる女の姿が映《えい》じた。すぐに滝沢に映像を静止させる。

該当者と思われる三十代前半の女は集合インターフォンの前に立ち、通りをうかがっていた。近くに仲間がいたのか。あるいは、通行人の有無《うむ》を確かめているだけなのだろうか。どちらにしても、挙動不審だ。

「弁護士を装った女は、こいつじゃないのか？」

「待って。よく顔を観《み》るから、少し待ってちょうだい」

七海が身を前に乗り出した。真崎は口を閉じて待った。

「そうよ。この女だったわ。ええ、間違いないわよ。いま映ってる女がもっともらしいことを言って、パパの負債の一部だからって……」

七海が滝沢の耳を意識したらしく、急に口を噤《つぐ》んだ。

真崎はパイプ椅子から腰を浮かせ、静止画像のデータを受け取った。

「もうよろしいでしょうか？」

滝沢が真崎に顔を向けてきた。

「ええ、結構です。ご協力に感謝します」

真崎は滝沢に言い、七海の肩を軽く叩いた。七海がすっくと立ち上がり、先に小部屋を出た。真崎は七海につづいた。

七海が通路の途中で立ち止まり、小声で話しかけてきた。

「刑事さん、自称白須茉沙恵の正体を絶対に突きとめて！　パパから遺贈された持ち株を売ったお金を騙し取った女なんだから、わたし、赦《ゆる》せないわ。持ち去った二千百二十万をすでに遣《つか》ってたりしたら、絞《し》め殺してやる！」

「過激だね」

「だって、パパから遺贈された金品を詐取するなんて卑劣《ひれつ》すぎるじゃないのっ」

「そうだな」

「それに、あの女が誰かに沼部のパパを刺し殺させたかもしれないでしょう？　パパは女好きだったから、白須茉沙恵と名乗ってる女も口説いたんじゃないのかな。あの女、会社を経営してるパパはかなりの金持ちなんだと踏んだんじゃない？」

「そうなんだろうか」

「だけど、実際は現金二百万円と会社の株券しか持ってなかった。全遺産をわたしが貰ったことを知って、弁護士に化けた女は株の売却金をそっくり奪う気になったんでしょうね。訪ねてきた女には性質《たち》の悪いヒモみたいな奴がいて、沼部のパパの遺産を横奪《ど》りする気だったのかもよ」

「それで、白須茉沙恵と名乗った女はヒモみたいな彼氏に沼部努を始末させた？」

「うん、もしかしたらね。そう考えても、おかしくないんじゃない？　殺人の実行犯は伊丹秋生という元食品卸問屋の社長が主犯だと思わせたくて、パパが書いたという誓約書を偽造したんでしょうね。そういうふうに考えれば、何もかも説明がつくんじゃないのかな？」

「いや、そうじゃないかもしれないんだ」

真崎は言った。

「えっ、そうなの⁉」

「具体的なことは教えられないが、きみのパトロンの遺産はもっと巨額だったようなんだよ。それを裏付ける証言も得てる」

「だけど、沼部のパパはたったの二百万円の現金と持ち株しか遺《のこ》してなかったって話よ。会社の新しい社長になった倉持さんが三人の社員と一緒に代々木の自宅と会社の社長室をくまなくチェックしたけど、キャッシュは併《あわ》せて二百数十万円しかなかったって……」

「そうか。きみはパトロンの遺言状を弁護士か司法書士に見せてもらった？」

「ううん、倉持さんがちらりと見せてくれただけよ」

「そうだったのか。公正証書になった沼部努の遺言状は、これまでの事件調書には『共進興業』の顧問弁護士の吉武雅之《よしたけまさゆき》が故人から預かってたと記述されてたがな」

「その弁護士が会社の顧問になってるという話は沼部のパパから聞いたことがあるけど、遺言状を見せてくれたのは倉持さんよ」

「倉持新社長は、故人が信頼し切ってた右腕だったみたいだな」

「ええ、そうね。パパはあまり他人を信用してなかったけど、倉持さんには気を許してる感じだったわ」

「そう」

「似かよった境遇で育ったんで、沼部のパパは倉持さんには目をかけてたんだと思う」

「新社長も幼いころに両親と死別してるのかな？」

「倉持さんの親は、どちらも健在のはずよ。でも、父親は酒乱で職を転々としてたみたいね。だから、お母さんが昼間は縫製《ほうせい》工場で働いて夜はスナックでホステスをしてたんだって。だらしのない夫に愛想尽《つ》かしたみたいで、店の客とホテルに行って朝帰りするようになったようよ」

「当然、旦那は妻の浮気を知ってたんだろうな」

「そうでしょうね。でも、自分に家族を食べさせる甲斐性《かいしょう》はないし、アルコールを飲みつづけたいんで、奥さんの浮気は公認だったらしいの。どうしようもない両親よね。倉持さんは弟や妹に毎日、朝食を食べさせてから学校に行ってたんだって。そんな家庭で育ったのに、倉持さんはよくグレなかったな。偉いと思うわ」

七海がしみじみと言った。

「被害者に大事にされてたんなら、新社長がどこかにある巨額の遺産を横奪《ど》りしたなんて考えにくいな」

「倉持さんは、そんなことをする人間じゃないわ。誠実な人柄だもん」

「しかし、金の魔力はしばしば人間の心を狂わせたりする」

「新社長は、そんな裏切りはしないわよ」

「そうなら、『共進興業』の顧問弁護士が気になってくるな。吉武弁護士は、どうして相続人に指定されてるきみに直《じか》に故人の遺言状を見せなかったのか。そのことが妙に思えるんだ」

「そう言われれば、そうよね。愛人関係にあったわたしにパパの遺言状を見せるのはまずい理由でもあったのかしら?」

「そんなことはないと思うな。被害者はとうの昔に離婚してて、独身だった。元妻に相続権はない。血の繋がってる息子はいるが、巨額の負債がある時期の離婚だから、相続面でマイナスになる。で、息子も法的に離縁したんだろう。それだから、被害者はきみに遺産をそっくり遺贈する気になって、遺言状を公正証書にしたと思われる」

「そうなのかな」

「公正証書にした遺言状は、吉武顧問弁護士が預かってたんだろう。だが、きみに被害者の遺言状を見せたのは倉持新社長だった。顧問弁護士が被害者のまとまった財産を上手にくすねて、ほんの一部の遺産をきみに相続させたという疑いもあるな」

「刑事さん、顧問弁護士のことも調べてみて」

「そうしよう」

「わたしは安い賃貸マンションを見つけないといけないから、ここで別れましょう」

「わかった。いい物件が見つかるといいな」

真崎は先に外に出て、スカイラインに乗り込んだ。

すぐに野中に、事件の鍵を握る女の画像データを送る。数分後、野中から電話がかかってきた。

「裏のネットワークに一斉送信しますよ」

「ああ、頼む。野中、少し気になる人物が捜査線上に浮かんできたんだ」

「これまで真崎さんから聞いた話に出てきた人間なのかな？」

「いや、『共進興業』の顧問弁護士については何も喋ってないな。実は、引っかかることがあるんだよ」

真崎はスマートフォンを握り直し、新たな疑惑について語りはじめた。

3

おにぎりを頰張《ほおば》る。

張り込む前に、コンビニエンスストアで買い求めた夕食だ。真崎は鮭《さけ》入りのおにぎりを食べながら、吉武法律事務所のある雑居ビルの出入口に視線を向けていた。

午後八時過ぎだ。雑居ビルは八階建てで、虎《とら》ノ門《もん》二丁目にある。スカイラインは、雑居ビルの斜め前のガードレールに寄せてあった。

真崎は『明正エステート』を後《あと》にすると、吉武弁護士のオフィスにやってきた。張り込んで間もなく、吉武法律事務所に偽電話をかけた。真崎は依頼人を装って、所長がオフィスにいるかどうか確かめたのだ。

吉武弁護士は事務所内で公判記録に目を通しているという話だった。真崎は後日改めて連絡すると言い繕《つくろ》って、通話を切り上げた。受話器を取った女性事務員に怪しまれた気配はうかがえなかった。

次に真崎は峰岸参事官に捜査の経過報告をしてから、吉武法律事務所のホームページを覗いた。ウィキペディアもチェックする。

現在、五十六歳の吉武雅之は四年前まで東京地検刑事部の副部長を務めていた。

その五年前は特捜部の遣り手《やりて》検事だった。汚職事件で大物政治家や財界人を起訴して、有罪判決を勝ち取った輝かしい実績がある。

花形セクションである特捜部の将来の部長と目《もく》されていたようだが、なぜだか刑事部に異動になった。

特捜部に所属していたころ、何か仕事でしくじったのかもしれない。そのあたりのことは、むろんウィキペディアには記載されていなかった。

エリート検事だった吉武は依願退職し、弁護士に転じた。俗に〝ヤメ検〟と呼ばれる元検事の多くは大企業の顧問弁護士になって、年収を数億円も得ている。

全国に約三万六千人の弁護士がいるが、平均年収は六百数十万円と意外にも低い。検察官出身の弁護士は揃って高収入を得ているようだが、同業者のごく一握りにすぎない。地方に住む若手弁護士の中には、生活保護を受けている者さえいる。嘘のような話だが、事実だ。

吉武は東京地検特捜部と刑事部のエース検事だったようだが、弁護士登録後、華々しく活躍しているわけではない。

通常なら、東証《とうしょう》や大証《だいしょう》一部上場企業の顧問弁護士に迎えられる経歴だろう。ところが、ホームページを閲覧した限りでは顧問を務めている有名企業は一社もない。

東証二部上場企業一社の顧問弁護士になっているだけで、他は中小企業ばかりだ。企業舎弟と思われる会社の顧問も引き受けている。

「どうやら吉武は検事時代に何かポカをやったな」

真崎は声に出して呟《つぶや》き、ペットボトルの緑茶を喉《のど》に流し込んだ。鮭が具のおにぎりは食べ終えていた。

買ったおにぎりは三個だった。残りの二つの具は、鱈子《たらこ》と昆布《こんぶ》だ。真崎は二つとも平らげ、ペットボトルを空にした。

警察官になってから、早喰いの癖《くせ》がついてしまった。妻の美玲には、数え切れないほど注意されてきた。息子の翔太にも、がっついた食べ方をすると呆《あき》れられたことがある。自分では普通の食べ方をしているつもりだが、早喰いなのだろう。直すことを心掛けているが、ほとんどスピードは変わっていないようだ。困ったものである。

真崎は自嘲《じちょう》し、セブンスターに火を点《つ》けた。

食後と情事の後《あと》の一服はいつも格別にうまい。煙草を深く喫《す》いつけ、ゆったりと紫煙をくゆらせる。

灰皿の中に短くなったセブンスターを突っ込んだとき、刑事用携帯電話《ポリスモード》が着信音を刻んだ。真崎は、手早く懐からポリスモードを摑み出した。発信者は峰岸参事官だった。

「まだ張り込み中なんだね？」

「ええ。ヤメ検は、まだ事務所から出てこないんですよ」

「そう。少し前に別働隊の片桐隊長が報告にきたんだ。吉武雅之が早期退官した理由《わけ》を別働隊に調べさせてたんだよ」

「優秀な検事だった吉武は有力者の圧力に屈《くっ》して、誰かを不起訴処分にしたんじゃないんですか？」

「そういうことはなかったようだ」

「なら、女性問題でつまずいたんでしょう?」

「それも外れだ。東京地検特捜部にいたころ、吉武雅之の倅《せがれ》が不祥事を起こしたんだよ。大学を親に無断で中退した健斗《けんと》という息子は麻布でクラブのDJをやってたんだが、コカインの常習者だったようだ。それだけでも問題なんだが、健斗は騒いでた客を店のトイレに連れ込んで……」

「ぶっ飛ばしちゃったんですね?」

真崎は訊いた。

「吉武健斗は殴《なぐ》ったり蹴《け》ったりしただけじゃなく、相手の所持金を奪ったというんだ」

「傷害と強盗のダブルですか。吉武健斗は麻布署に身柄《ガラ》を押さえられたんでしょ?」

「そうなんだが、父親が関係者に頭を下げて立件を見送ってもらったんだ。被害者にも示談を持ちかけ、事件は闇に葬《ほうむ》られたんだよ」

「そんなことがあったんで、吉武雅之は特捜部から刑事部に異動させられたんですね?」

「そうらしいんだ。ポストこそ副部長だったが、上司や部下の態度は冷ややかだったようだな」

「前途が暗くなったので、吉武は弁護士になった。そういうことなんでしょうね?」

「そうなんだろうな。息子の不始末は法曹界に噂《うわさ》となって流れてしまったんで、吉武雅之は大企業の顧問弁護士にはなれなかったようなんだ」

「先輩のヤメ検や弁護士に転じる気でいる後輩の検察官たちが、マイナスになる噂を政財界に積極的に流したんじゃないかな。名声や富を求めてる連中はたいがい利己的な考えの持ち主だから、陰湿なことだって平気でやるでしょ？」

「そういう傾向はあるな。そんな経緯《いきさつ》があったんで、吉武弁護士は主に中小企業の顧問をやったり、ブラック企業や暴力団の企業舎弟《フロント》の法律相談に乗ってるようなんだ」

「そうですか」

「捜査本部事件の被害者は業種柄、闇社会と繋がってる同業者とトラブルになったことがあったんじゃないのかな。それで、ヤメ検の吉武を『共進興業』の顧問にしたんだろう」

「ええ、そうなんでしょうね」

「殺害された沼部は公正証書にした遺言状を吉武弁護士に預けてあったようなのに、相続人の羽鳥七海に二百万円の現金と持ち株を届けたのは倉持新社長だったというのは妙な話だな」

「確かにおかしいですよね」

「真崎君が推測したように、吉武は沼部の隠し金のありかを知ってて、それを着服した疚《やま》しさがあるんで……」

「もっともらしい口実をつけて、新社長の倉持を代理人にしたんでしょう。まさか顧問弁護士が悪事を働いてるとは思いもしないだろうから、倉持は言われるままに動いただけなんでしょう」

「きみの筋読みにケチをつけるつもりはないんだが、被害者には本当に多額の遺産があったんだろうか。病的な女好きだった沼部は羽鳥七海を愛人として囲ってただけではなく、多くの女たちに言い寄ってたにちがいない。そうだとしたら、それなりに金がかかるんじゃないのかな」

　峰岸は言った。

「沼部は金にはシブかったようです。いろんな女を口説きまくってたんでしょうが、羽鳥七海を除いて散財するような入れ揚《あ》げ方はしてなかったんではありませんか。現に資産家の未亡人に、沼部はそのうちマンションを一棟購入する予定だと喋ってる」

「そういう報告だったが、日下麗子の証言は裏付けられたわけじゃない。被害者は見栄《みえ》を張って大きなことを言っただけなのかもしれないぞ」

「大の大人がそんな子供じみたはったり《ブラフ》は口にしないでしょ？　沼部は相当な金を貯め込んでて、それをどこかに隠してたんだと思いますよ」

「そうなんだろうか」

「オーストリアかスイスの銀行の秘密預金口座にプールしてあったら、他人が勝手に引き出すことはできません。そうなら、沼部は金を顧問弁護士に預けてあったのではないですか。だとしたなら、吉武が沼部の遺産の大半を横領できるでしょ？」

「そうだろうが、ヤメ検弁護士が数億円程度の金を横領するかね。着服したことが発覚したら、吉武は一巻の終わりだよ。大企業の顧問弁護士にはなれなかったが、二人の若い居候弁《イソベン》護士の面倒を見て、三人の女性事務員も雇《やと》ってるんだ。それなりの実入りはあるにちがいない。数億円で人生を棒に振る気になるだろうか」

「参事官、金銭欲の強かった沼部は社員たちには内緒で何か違法ビジネスをやってたんではありませんか。ダーティー・ビジネスで十億以上も荒稼《かせ》ぎしてたのかもしれないな」

「沼部は麻薬の密売でもやってたんだろうか」

「それは考えられないと思います。インターネットを使って堅気が覚醒剤、コカイン、大麻を密売した事例は何件かありましたが、扱う量は少なかったんですよ。派手に大量密売してたら、必ず暴力団に知られてしまいますんで」

「そうだろうね。沼部は企業恐喝《きょうかつ》をやってたんだろうか」

「ええ、そうなのかもしれません。あるいは、大金持ちの致命的な弱みを知って、多額の口止め料をせしめてたとも考えられます。殺人の犯行を目撃したとしたら、相手がリッチなら、十億円以上の巨額も強請《ゆす》れるでしょう」

「被害者は、そうした汚れた金を吉武弁護士に預けてたんだろうか」

「その金を吉武がかっぱらったんだとしたら、ヤメ検の私生活も派手になってそうだな」

「そうだろうね」

「吉武を少しマークしてみます」

真崎は刑事用携帯電話《ポリスモード》を上着の内ポケットに戻した。

捜査対象者は深夜近くまでオフィスで仕事をする予定になっているのか。そうなら、まだしばらく待たされそうだ。真崎は雑居ビルに入り、三階にある吉武法律事務所を訪ねたい衝動に駆《か》られた。

だが、すぐ思い留《とど》まった。吉武は、最強の捜査機関の検察庁の優秀な検事だった。警察手帳を呈示して揺さぶりをかけても、尻尾《しっぽ》を掴まれるようなヘマはしないだろう。吉武に警戒されたら、その後の捜査はスムーズに進まなくなるにちがいない。

吉武は息子の不始末を事実上、握り潰した。法律家がそうした禁じ手を使ったことをマスコミにリークすると脅《おど》しをかければ、こちらの捜査に協力せざるを得なくなるだろう。しかし、現職刑事がそんな手を使うことにはやはり抵抗がある。これまで真崎は狡猾《こうかつ》な犯罪者たちに対して反則技で逃げ道を封じてきた。だが、相手は闇社会の人間ではない。違法な方法で追い込んでは後味《あとあじ》が悪くなる。

真崎は張り込みを続行することに決め、煙草をくわえた。

張り込みは、いつも自分との闘いだ。マークした相手が動きだすのをじっと待つ。焦《じ》れたり、功を急ぐと、悪い結果を招くものだ。

真崎はルーキーだったころ、先輩刑事の制止を振り切って強盗殺人犯の自宅の様子をうかがいに行ったことがある。通行人を装って犯人宅の前を行きつ戻りつしたのだが、強盗殺人事件の加害者に覚《さと》られてしまった。

犯人宅の周囲は、十数人の捜査員で包囲されていた。心理的に追い込まれた強盗殺人犯はあろうことか、妻子に文化庖丁を突きつけて逃走を図ろうとした。娘は、まだ三歳だった。

殺人者は逃亡を諦《あきら》めさせようと懸命に説得する妻の片腕を庖丁で切りつけ、さらに鮮血に染まった刃物を娘の首に突きつけた。娘は恐怖に取り憑《つ》かれ、泣き喚《わめ》きつづけた。

警察は人質の身の安全を最優先し、包囲網を解《と》いた。強盗殺人犯は近所の家の自転車を盗み、七キロメートル先まで逃げた。

しかし、検問を突破することはできなかった。緊急逮捕され、事件は解決した。

犯人の妻は全治三週間の怪我を負っただけで、命に別状はなかった。娘は無傷だった。

だが、自分の勇み足で二人の人質は死の恐怖を味わわされてしまった。

真崎は上司にこっぴどく叱《しか》られ、始末書を取られた。そんな苦い体験をして以来、張り込みの際《さい》には常に逸《はや》る気持ちを抑《おさ》えてきた。

真崎は喫煙を重ねながら、粘《ねば》り強く張り込みつづけた。

捜査対象者が雑居ビルから現われたのは九時四十分ごろだった。連れはいなかった。吉武はホームページに掲《かか》げてあった写真よりも、四、五歳老《ふ》けて見えた。だが、ぎょろっとした目は変わらない。

最寄《もよ》りの地下鉄駅に向かうのだろうか。

真崎は、吉武の動きを目で追った。場合によっては、吉武を徒歩で尾行する気でいた。そのときは、路上に駐めたスカイラインを別働隊のメンバーに移動させてもらう段取りまで考えていた。

しかし、予想は外れた。吉武は雑居ビルから五、六軒離れた居酒屋に入っていった。馴《な》れた足取りだった。行きつけの店なのだろう。

真崎は車を居酒屋の斜め後ろまでバックさせ、十分ほど遣《や》り過ごした。

吉武は居酒屋で誰かと会うことになっているのかもしれない。弁護の依頼人なら、オフィスで相談を受けるだろう。吉武は悪事の実行犯と落ち合うことになっているのではないか。

そう推測したら、自然に体が動いていた。吉武とは一面識もなかった。真崎はごく自然にスカイラインを降り、ガードレールを跨《また》いだ。

居酒屋に足を踏み入れる。左側にテーブルが六卓あって、右側にカウンター席がある。正面は小上《こあ》がりになっていた。

真崎は素早く店内を見回した。

吉武は奥のカウンターに向かい、六十絡《がら》みの店主らしい男と談笑していた。両隣には誰も坐《すわ》っていない。客席は半分ほどしか埋まっていなかった。

真崎は吉武の真後ろのテーブル席に落ち着き、品書きを手に取った。相模《さがみ》湾直送の天然魚を目玉にしているようだ。

着物姿の女性従業員がオーダーを取りにきた。まだ若い。大学生のアルバイトか。

「生ビールにしよう。肴《さかな》は皮剝《かわは》ぎの肝和《きもあ》え、ワカシの刺身にします。それから、枝豆も貰《もら》うかな」

真崎は注文した。女性従業員が下がる。真崎はセブンスターに火を点けた。

アルコールには強いほうだが、ビールを飲めば、飲酒運転することになる。しかし、その程度の法律違反は天野刑事部長が揉《も》み消してくれることになっていた。

真崎は煙草を吹かしながら、吉武と店主と思われる男の会話に耳を傾けた。

「大将、そんなに血圧が高いんだったら、病院に行ったほうがいいよ」

「先生と違って、こっちは貧乏暇《ひま》なしだからね。あっしが仕込みからチェックしないと、店がうまく回らないんだよな」

「大将は若い板《いた》さんたちに点数が辛いけど、もう任せてもいいと思うね。みんな庖丁捌《さば》きはみごとだし、揚げものも焼きものも大将に負けてないよ」

「先生はそうおっしゃるが、三人ともまだ半人前だ。お運びの従業員も、お客さんに間違った敬語を遣《つか》ってる。女房は一日入院の人間ドックを勧めるんですが、あっしが店を休むわけにはいかないんですよ。日曜は定休だけど、病院も休みでしょ？」

「大将は昔風の板前だけど、あんまり厳しく従業員に接してると、みんな、辞めちゃうんじゃないかな」

「そうなったら、女房に手伝ってもらって、あっしだけで店を切り盛りしますよ」

「頑固だな」

「先生だって、器用な生き方をしてるとは言えないでしょ？　元東京地検の検事さんなんだから、その気になれば、大企業の顧問弁護士になれたでしょうに」

「富や名声を追うだけの人生じゃ、なんか虚《むな》しいからね。そこそこの収入を得てるから、いまのままでいいんだ」

「だけど、なんかもったいないなあ」

「大将、話題を変えましょう」

吉武が話を遮《さえぎ》った。会話が途切れた。

そのとき、生ビールと枝豆がテーブルに運ばれてきた。真崎はジョッキを半分ほど空けた。それから間もなく、注文した肴《さかな》が届けられた。

真崎は飲み喰いしながら、吉武の様子をうかがいつづけた。

吉武は店主と雑談を交わすだけで、人を待っている気配はなかった。仕事帰りに馴染《なじ》みの酒場に立ち寄っただけなのだろう。

一時間ほど過ぎてから、真崎は先に居酒屋を出た。中ジョッキで生ビールを二杯飲んだが、ほとんど素面と変わらない。覆面パトカーに乗り込んで、吉武を待つ。

吉武が店から出てきたのは十一時数分前だった。地下鉄駅に向かうと思っていたが、タクシーを拾った。吉武は、これから誰かと会うつもりなのか。愛人がいて、その自宅に行くのだろうか。

吉武を乗せたタクシーが走りだした。真崎は少し間《ま》を置いてから、タクシーを尾《つ》けはじめた。間に数台の車を挟みつつ、慎重に追尾する。

タクシーは二十数分走り、目黒区東山《ひがしやま》の住宅街に停まった。ありふれた二階家の前だった。真崎は道端にスカイラインを寄せ、二階家の門柱の表札を見た。吉武と記《しる》されている。自宅だろう。

タクシーが動きだしたとき、吉武宅から二十六、七歳の細身の男が出てきた。真崎はパワーウインドーのシールドを少し下げた。

「健斗、こんな時間にどこに行くんだ？」

「おれはもうガキじゃねえんだ。いちいちうるせえんだよ。それより、十万ほど貸してくれねえか。おふくろは貸してくれなかったんだ」

「当たり前じゃないか。クラブのＤＪなんか辞めて、ちゃんとした仕事に就《つ》け。年収が百数十万じゃ、プロとは言えないだろうが！」

「そのうち稼ぎは増えるよ。おれはDJとして、クラブシーンでは有望視されてるんだ」

「そんな不安定な仕事には見切りをつけて、司法書士の資格を早く取れ！　法曹界で働けなくても、司法書士になれば、ちゃんと喰っていける」

「おれの人生は、あんたのものじゃない。おれの人生なんだよ。最初《はな》っから司法試験にチャレンジする気なんかなかったんだっ。法学部なんか入りたくなかったんだよ。高校生のときは親父がでっかく見えたんで、逆《さか》らえなかったんだ。おれは、好きなように生きるからな」

「そこまで言うんだったら、親許を出て自活してみろ！」

吉武が言い放ち、自宅に走り入った。息子の健斗は舌打ちして、大通りに向かって駆けはじめた。

真崎はパワーウインドーのシールドを上げた。吉武の私生活は地味だった。しばらく経《た》ってから、沼部から奪った金を遣《つか》う気でいるのか。

ライトを点けたとき、私物のスマートフォンが振動した。反射的に取り出す。発信者は野中だった。

「真崎さん、謎の女の正体がわかりました。弁護士になりすました女の本名は本多若葉《ほんだわかば》、三十二歳だったよ。服役中の経済やくざの東郷勝《とうごうまさる》、四十三歳の情婦《いろ》でした」

「東郷は何をやって刑務所送りになったんだ？」

「投資詐欺を働いて、三年の実刑判決が下《くだ》ったんですよ。二年前に東郷の弁護を引き受けたのがヤメ検の吉武雅之だったらしいんだ。吉武弁護士は検察側の六年の求刑を半分にしてあげたみたいですよ」

「その貸しがあるんで、東郷の彼女を偽弁護士になりすまさせて、羽鳥七海から二千百二十万の現金を詐取させたんだろうな」

「多分、そうなんでしょうね。若葉の自宅マンションは。新宿区若松町《わかまつちょう》……」

「番地とマンション名は頭に叩き込んだ。おまえは、若葉の自宅に張りついてるんじゃないのか？」

「ビンゴ！　若葉は自分の部屋にいます」

「わかった。おれも、そっちに行くよ」

真崎は電話を切ると、ただちにスカイラインを走らせはじめた。

4

前方に旧型のベンツが見える。

『エルコート若松』のほぼ横だった。追分組の車だ。間もなく午前零時《れい》になる。

真崎はスカイラインをベンツの後方の暗がりに停めた。手早くライトを消し、エンジンを切る。

白須茉沙恵という偽名を使っていた本多若葉の自宅マンションは、裏通りに面している。六階建てだ。外壁は色褪《いろあ》せていた。

野中がベンツの運転席から出てきた。黒ずくめだった。

真崎も専用覆面パトカーを降り、元刑事の筋者に近づいた。二人は路上にたたずむ恰好《かっこう》になった。

「野中、きょうも凄《すご》みを利《き》かせてるな」

「やくざが銀行員みたいな身《ナ》なり《リ》してたら、堅気《ネス》になめられちゃうでしょ？」

「その台詞《せりふ》は聞き飽《あ》きたよ。たまには、違う返しをしろ」

「おれ、根が真面目だからね。おどけたりするのは苦手なんですよ」

「おまえのどこが真面目なんだよ。ちょっと色っぽい女を見ると、すぐにのしかかってるんだろ？」

「おれは盛りのついた野良犬じゃありません。ちゃんと手続きを踏んで、女たちのパンティーを脱がせてますって」

「冗談のキャッチボールは、これぐらいにしよう。本多若葉は三〇二号室から一度も外出しなかったんだな？」

「ええ、部屋から出てません。三〇二号室の窓は明るいから、まだ東郷勝の情婦《おんな》は起きてると思います。真崎さん、どんな手で三〇二号室のドアを開けさせようと考えてるんです？」

野中が問いかけてきた。

「吉武の家から若松町に来る途中、妙案が閃《ひらめ》いたんだ。おれは東郷と同じ雑居房《ヤサ》にいたことにするよ。それでな、きょう、先に仮出所したって若葉に話すつもりだ」

「深夜ですよ。刑務所《ムショ》で東郷と同じ房《ぼう》にいたという話をしても、本多若葉は玄関のドアを開けないいんじゃないのかな。女の独《ひと》り暮らしでしょうからね」

「当然、警戒されるだろうな。そのあたりを考えて、もっともらしい作り話を用意してあるんだ」

「さすがですね」

「マンションの出入口はオートロック・システムになってるのか？」

「いや、なってなかったな。真崎さんが来る前に、おれ、チェックしておいたんですよ」

「なら、おまえは『エルコート若松』の前で見張っててくれ。何が起こらないとも限らないからな」

「真夜中の来訪者を怪しんだ若葉がシーツか何かをベランダの手摺《てすり》に結んで、真下の二〇二号室のベランダに降りて匿《かくま》ってもらうかもしれない？」

「そういうことも起こりうるかもしれない。その場合は、おそらく若葉は二〇二号室に長くは留《とど》まれないだろう。そっと二〇二号室を出て、自分のマンションから逃れる気になるんじゃないか」

「考えられますね。若葉は弁護士に化けて伊丹秋生の代理人と称し、沼部の愛人から二千百二十万を騙し取ったわけだから。その金を誰かが取り返しに来たとしたら、逃《フケ》げる気になるでしょう」

「そういうことも予想されるから、野中に外で見張っててほしいんだよ。『エルコート若松』に非常階段は？」

「ありました。でも、建物の裏側の三方には高いコンクリートの万年塀《まんねんべい》が巡らされてるから、女は乗り越える気にはならないでしょ？」

「だろうな。逃走したときは、エレベーターで一階に下りてエントランスロビーから表に出るにちがいない」

「おれ、マンションのアプローチの前で見張ってます」

「そうしてくれ。こっちは本多若葉の部屋に行く」

　真崎は相棒に告げ、『エルコート若松』の出入口に向かった。

　エントランスロビーに人の姿は見当たらなかった。真崎はエレベーターで三階に上がった。エレベーターホールと通路には誰もいない。

真崎は三〇二号室のインターフォンを響かせた。

なんの応答もなかった。どうやら部屋の主は、深夜の訪問者を怪しんでいるようだ。

「夜更《よふ》けにお訪ねするのは失礼だと思ったのですが、きょうの午前中に仮出所したばかりで方々に挨拶に行かなければならなかったんですよ。そんなことで、非常識な時刻に来てしまいました。すみません！」

真崎は早口で言った。だが、スピーカーから入居者の声は流れてこない。

「おれ、いいえ、わたし、東郷勝さんと同じ雑居房にいたんですよ。傷害罪で服役してたんです」

「彼は元気なの？　自棄《やけ》になってませんでした？」

「あなた、本多若葉さんですよね？」

「ええ、そうです」

「東郷さんはあなたのために生き直したいと言って、模範囚になってますよ」

「そうなの」

「わたしと違って東郷さんは有名私大の商学部を出たインテリだから、真っ当な暮らしができますよ」

「東郷さんがそういう気持ちになったんだったら、わたし、彼を支えます」

「そうしてあげてください。服役中、東郷さんには何かと庇《かば》ってもらったんですよ。同じ房《ぼう》にある組の大幹部がいたんですが、そいつ、意地が悪い奴でしてね。わたしに八つ当たりばかりしてたんですが、東郷さんが相手を強く窘《たしな》めてくれたんですよ。それからは、いじめはなくなりました」

「そうなの」

「東郷さんは、あなたに金銭的な苦労をかけてるにちがいないと心を痛めてました。実は、東郷さん、八王子《はちおうじ》の山林にまとまった金を埋めてあるらしいんですよ」

「えっ、そうなの⁉」

「逮捕される数日前に六千万入りの大型ジュラルミンケースを土の中に埋めたという話でした。目印に近くにあった樫《かし》の大木の樹皮をナイフで剝《は》がしておいたと言ってたな」

「そうなんですか」

「スピーカー越しに危《ヤバ》い話を長くつづけるわけにはいかないので、五分か十分ほど部屋に入れてもらえませんかね。東郷さんは自分が仮出所するまで埋めた金を自由に遣ってくれとあなたに伝えてほしいと……」

「いま、ドアを開けます。少しお待ちになって」

若葉が言った。

真崎は少し退《さ》がって、ほくそ笑《え》んだ。三〇二号室のドアが押し開けられ、本多若葉が応対に現われた。カジュアルな恰好《かっこう》だった。

「佐藤です」

真崎は平凡な姓を騙《かた》って、三〇二号室に入った。若葉が玄関マットの上に立つ。

「あんたは白須茉沙恵という偽名を使って、悪事を働いたことがあるな。警視庁の者だ」

「わたしを騙したのねっ」

「そういうことになるな」

「汚いことをやるわね」

若葉が整った顔を歪《ゆが》め、身を翻《ひるがえ》そうとした。真崎は警察手帳を懐《ふところ》に戻し、ホルスターからベレッタ92FSを引き抜いた。

「おたく、偽警官なのねっ。東郷さんから、刑事の多くはシグ・ザウエルP230JPを持ってると聞いたことがあるわ。持ってるのはベレッタでしょ? わたし、ハワイの射撃場《シューティング・レンジ》でいくつか自動拳銃の試《ため》し撃ちをしたんで、知ってるのよ」

「こっちは、ベレッタの常時携行を特別に許されてるんだ。ついでに教えておこう。二月十二日の夜に代々木署管内で発生した刺殺事件の支援捜査をしてる。被害者の名は沼部努だ。それだけ言えば、おれがこの部屋に来た理由《わけ》はわかるな?」

「わからないわ。わたしは、その事件にはなんの関わりもないから」

「殺人事件そのものに関与してないのは知ってる。だが、あんたは沼部の愛人の羽鳥七海の自宅マンションを訪ね、伊丹秋生の代理人の弁護士だと偽《いつわ》って、二千百二十万円の現金を騙し取った。その金は、七海がパトロンから遺贈された株を売った代金だった」

「まったく身に覚えがない話ね」

「しらばっくれても意味ないぞ。『広尾ロワイヤルパレス』に設置されてる防犯カメラにあんたの姿が映ってたんだ。画像を拡大すれば、押された数字ボタンもわかるんだよ。そっちが七海の部屋を訪ねた事実は動かせない」

「………」

「詐取した金は、伊丹秋生に渡したんじゃないなっ。服役中の東郷勝は投資詐欺事件の被告人弁護を吉武雅之に依頼した。そうだな?」

「………」

「急に日本語を忘れてしまったか。吉武の弁護で、東郷の量刑はだいぶ軽くなった。つまり、あんたの彼氏にとっては恩があるわけだ。だから、そっちは伊丹と共謀してるように見せかけて、吉武弁護士に協力したのか」

「日本の警察官は、むやみに発砲できないはずよ。拳銃をちらつかせたって、わたし、ちっとも怖くないわ。撃てるものなら、撃ってみなさいよ!」

若葉が挑《いど》むような口調で言った。真崎は左目を眇《すが》め、ベレッタ92FSの安全装置を解除した。若葉が目を剝《む》く。

「う、撃つ気なの!?」

「原則として正当防衛の場合しか発砲は認められてない。それも一発目は空に向けて威嚇《いかく》射撃してからでなければ、犯罪者を撃てない規則になってる」

「そうよね」

「ただし、暴発した場合はなんの咎《とが》めも受けない。ここで、ベレッタが暴発したってことにもできるわけだ」

真崎は言いざま、スライドを引いた。初弾を薬室に送り込んだのだ。

「引き金から人差し指を離して！　お願いだから、指をトリガーガードに添えてちょうだい」

「なんか暴発しそうな予感がするな。流れ弾《だま》が命中したら、運が悪かったと諦《あきら》めてくれ。おれはフェミニストだから、女性に荒っぽいことをする気なんかない。しかし、暴発は一種の不可抗力だからな」

「死にたくない。わたし、死にたくないわ」

若葉が後ずさりながら、玄関ホールにへたり込んだ。脚はハの字に投げ出されていた。

「元検事の弁護士に頼まれて、あんたは羽鳥七海から二千百二十万円を騙し取ったのか？」

「そ、そうよ。吉武先生は『共進興業』の沼部社長を恨んでたの。健斗という息子が何か事件を起こしたみたいだけど、先生は裏から手を回して立件させないようにしたらしいのよ。沼部がそのことをどうやって調べたか知らないけど、それまで吉武先生に月に百万の顧問料を払ってたのに、十万に一方的に値下げしたそうなの」

「そんな恨みつらみがあったんで、吉武は貸しのある東郷と親密な間柄のあんたに二千百二十万を騙し取らせたのか」

「そうなのよ。東郷さんの刑を軽くしてくれた吉武先生は、いわば恩人だから……」

「頼みを断れなかったんだな？」

「ええ」

「吉武は、沼部社長の個人の預金を預かってたんじゃないのか？　そして、多額の遺産を横領してたとも疑えるな」

「そういうことは、わたし、知らないわ。わたしは先生に頼まれたことをしただけよ。会ったこともない伊丹という男を悪者にするのは気の毒だと思ったんだけど、吉武先生の指示に従ったの」

「詐取した金はどうした？」

「吉武先生にそっくり渡したわ。わたしは、ご苦労さん代として十万円貰ったけど、それは先生のポケットマネーだから……」

「ポケットマネーだったとしても、あんたは詐欺の片棒を担《かつ》いだんだ。これから一緒に目黒区東山にある吉武弁護士の自宅に行ってもらう。そっちの供述が本当かどうか確認する必要があるからな」

「わたし、嘘なんかついてないわ」

「とにかく、立つんだ」

真崎は命じて、ベレッタ92ＦＳの安全装置をロックした。若葉が観念した表情で立ち上がった。

「パーカを取ってきてもいい？」

「妙な気を起こすなよ」

「ここは三階だから、逃げようがないじゃないの？ ベランダから飛び降りたら、死んじゃうわ。死んだら、もう彼に会えなくなる。そんなのは絶対に厭《いや》よ」

「東郷によっぽど惚《ほ》れてるらしいな」

真崎は拳銃をホルスターに仕舞《しま》った。

若葉が曖昧《あいまい》な笑みを浮かべて、奥に向かった。何か企《たくら》んでいるのか。真崎は気持ちを引き締めて、耳に神経を集めた。

少しでも様子がおかしかったら、土足で上がり込むつもりだった。だが、何事も起こらなかった。パーカを羽織った若葉が、じきに戻ってきた。そのとき、マンション内にけたたましい警報音が鳴り渡った。

「火災報知機が鳴ってるんじゃない？ どこかの部屋から火が出たんだと思うわ。わたし、逃げたりしませんよ。だから、すぐに表に出ましょう?」

「靴を履《は》いて待ってるんだ」

真崎は若葉に指示し、玄関のドアを細く開けた。各戸から入居者が次々に現われ、非常階段に向かって走っている。

隠れ捜査中だ。若葉を部屋から連れ出す姿を入居者たちに見られたくなかった。出火したのは何号室なのか。三階に火の気はなかったし、きな臭くもなかった。真崎はもう少し経ってから、非常階段を使って若葉と脱出することにした。

「早く外に出ましょうよ」

パンプスを履き終えた若葉が切迫した声で急《せ》かした。

「落ち着け！　まだ三階には煙も漂ってない。入居者の誰かがもう非常扉のロックを解除しただろう」

「そうでしょうね」

「エレベーターは動いてないかもしれないな。避難する入居者で建物内の階段と外の非常階段の両方はごった返してるだろう。もう少し待ってから脱出したほうが、かえって安全だな」

「のんびりしてたら、逃げ遅れて焼け死ぬかもしれないのよ。刑事さん、早く部屋を出ないと……」

「こっちの指示に従うんだっ。いいな？」

真崎は語気を強めた。若葉が頬を膨らませる。だが、何も言わなかった。真崎は歩廊《ほろう》の様子をうかがいつづけた。

数分経つと、入居者の姿は目に留《と》まらなくなった。脱出のチャンスだ。

「行くぞ」

真崎は若葉の片腕を摑んで、先に三〇二号室を出た。振り向くと、若葉は顔面蒼白《そうはく》だった。

「冷静さを失わなければ、きっと表に逃《のが》れられるさ」

真崎は若葉の手を引いて、エレベーターホールとは逆方向に走りだした。三〇五号室の先に非常口があった。すでにドアは大きく開かれている。先に避難した入居者が非常扉のロックを解除したのだろう。

真崎たち二人は非常階段を下《くだ》りはじめた。先にステップを踏んだのは若葉だった。真崎は彼女の数段後から下降しつづけた。

若葉が一階と二階の間の踊り場に達したとき、闇の向こうで人影が動いた。非常階段の昇降口《しょうこうぐち》まで走ったのは、黒いキャップを目深《まぶか》に被った中肉中背の男だった。

水中銃《スピアガン》を構えている。装塡された銛《もり》に紐《ひも》は付いていない。

銛が放たれた。次の瞬間、若葉が短く呻いた。前のめりになりながら、非常階段の真下まで転げ落ちた。

水中銃《スピアガン》を持った男が背を見せた。建物を回り込んできた野中が男に強烈な右のロングフックを見舞った。パンチを浴びた男が宙《ちゅう》を泳ぐ。スポーツキャップが飛んだ。水中銃《スピアガン》も手から離れた。

男は日本人ではなかった。色が浅黒い。面立《おもだ》ちから推察すると、フィリピン人かタイ人だろう。

野中が地べたに転がった男の腹を蹴りつけ、膝頭で押さえつけた。真崎は非常階段を一気に駆け降り、若葉の上体を抱き起こした。

水中銃《スピアガン》の銛は心臓部に深々と沈んでいる。

真崎は大声で若葉に呼びかけた。しかし、反応はなかった。真崎は若葉の右手首を握った。温《ぬく》もりは伝わってきたが、脈動は熄《や》んでいた。

真崎は若葉を横たわらせ、勢いよく立ち上がった。弁護士の吉武が犯罪のプロに本多若葉の口を塞《ふさ》がせたのだろうか。

「この野郎が一階の火災報知機の警報を鳴らしやがったんです。どこにも火は出てなかったんだけどね。怪しい奴だと思って、おれ、マンションの裏手に来てみたんですよ。そしたら……」

野中が真崎に言った。

真崎は無言でうなずき、水中銃《スピアガン》の銛を放った男の近くに屈み込んだ。ホルスターに手をやると、野中が首を振ってベルトの下からロシア製のサイレンサー・ピストルを引き抜いた。マカロフＰｂだ。

「借りるぞ」

真崎はマカロフＰｂを受け取ると、スライドを引いた。銃口を東南アジア系の男の頭上に向け、無造作に引き金を絞る。

圧縮空気が洩れ、九ミリ弾が地中に埋まった。弾《はじ》き出された薬莢《やっきょう》は男の顔面に落ちた。男が悲鳴をあげる。

「出身はどこだ？　日本語はわかるか？」

真崎は男に話しかけた。

「わたし、フィリピン人ね。名前はミゲル・サントス。三十四歳よ。七年前に興行ビザで日本に入って、それからオーバーステイね。難しい会話は日本語ではちょっと無理よ。だけど、日常会話はＯＫね」

「よく喋る野郎だ」

「フィリピン人、たいてい陽気ね。わたしも、そう。人生、エンジョイしたほうがいい」

「誰の依頼で本多若葉を殺《や》ったんだ？　質問にすぐ答えないと、片方ずつ外耳を撃ち抜くぞ」

「耳がなくなったら、サングラスをかけられなくなる。それ、困るね。わたし、弁護士の吉武さんに頼まれた。本多若葉を始末したら、百五十万の成功報酬貰える。着手金の五十万、先に受け取ったよ」

ミゲル・サントスと名乗った男が澱《よど》みなく吐いた。真崎は、そのことを訝《いぶか》しく感じた。別の依頼人が吉武に罪を被《かぶ》せようとしているのかもしれない。

「こいつを牛込《うしごめ》署に引き渡す前に、真崎さん、別働隊に取り調べさせたほうがいいと思います」

「もちろん、そうするさ。別働隊が到着する前におまえは消えてくれ」

「そうさせてもらいます」

野中が応じた。

真崎はマカロフＰｂの安全装置を掛けてから相棒の野中に返し、懐の刑事用携帯電話《ポリスモード》を摑み出した。

第四章　共犯者捜《さが》し

1

マジックミラー越しに簡易取調室を覗《のぞ》く。

スチールの机を挟《はさ》んで、片桐警視正とミゲル・サントスが向かい合っている。

真崎は、取調室に接した面通し室にいた。すぐ横に峰岸参事官が立っている。正午前だ。

別働隊のメンバーにミゲル・サントスの身柄を引き渡したのは午前一時前だった。相棒の野中は、その前に事件現場を立ち去っていた。

別働隊は二十四時間態勢で、真崎の隠れ捜査を支えている。アジトには、いつも当直のメンバーが泊まっていた。

『エルコート若松』に駆けつけたのは、二人の隊員だった。どちらも三十代の前半だ。真崎は相棒が去ると、すぐマカロフＰｂの薬莢と地中に埋まった弾頭を回収した。

フィリピンのミンダナオ島出身のミゲル・サントスは、臨場した隊員たちに真崎が発砲したと訴えた。一緒にいた組員風の巨漢は逃げたとも語った。野中のことだ。

当然、真崎はミゲルの供述を全面否認した。ミゲルは口を尖《とが》らせたが、別働隊のメンバーは取り合わなかった。

現場検証に立ち会ってから、真崎は帰宅した。登庁したのは午前十時半ごろだった。真崎は天野刑事部長に経過を報告し、峰岸参事官と別働隊のアジトに顔を出した。

「ミゲル、本当に吉武弁護士に頼まれて本多若葉を殺害したのか？」

片桐隊長が問いかけた。

「あなた、くどいね。何回も同じことを言わせるなっ。吉武さんは、若葉という女を始末しないとまずいことになると言ってたよ。わたし、フィリピン人ばかりのロックバンドでドラム叩《たた》いてた」

「興行ビザで入国したことは確認した」

「そう。専属シンガーの女の子、日本人のサラリーマンと結婚した。それで、バックバンドは解散することになったね。メンバーのみんなはマニラシティに戻ったよ。でも、わたしはずっと日本にいたかった」

「で、不法滞在しつづけたんだな？」

「そうね。わたし、バンドマンの仕事つづけたかったよ。だけど、そういう仕事はなかった。だから、オーバーステイをしながら、いろんな仕事した。でも、あまり稼《かせ》げなかったね。それだから、日本のやくざ《ギャングスター》の下働きもするようになった」

「そういう話だったな。だが、安く扱《こ》きつかわれたんだろう?」

「そう、その通りね。わたし、少しまとまった金を稼いでフィリピンに戻ることにした。それで、ネットの闇サイトで殺人も請《う》け負うって書き込んだ。そうしたら、弁護士の吉武さんが……」

「そのことなんだが、元検察官の弁護士が裏サイトを覗いて殺人代理人を探してたなんて話は常識では考えられない」

「そうかもしれないけど、吉武さんは若葉という女を片づけないと、身の破滅なんだと何度も言ってた。二百万円の報酬は魅力的だったね。だから、わたし、水中銃《スピアガン》で標的を殺したよ。『エルコート若松』の火災報知機を鳴らせば、若葉は絶対に部屋から飛び出してくると思ってた。わたし、うまくやれる自信あったね。残りの百五十万を受け取ったら、帰国して小さな食べもの屋を開くつもりだったよ。でも、こんなことになってしまった。とても残念ね」

「おまえは人を殺したんだぞ。そのことで、罪の意識はないのかっ」

「少しは悪いと思ってる」

ミゲルがうつむいた。

「少しはだと？」

「若葉という女、運が悪かった。あの女は、何か悪いことをしたみたいだから、罰《ばち》が当ったんじゃない？」

「ふざけたことを言うなっ」

片桐隊長が拳《こぶし》で机を打ち据《す》えた。ミゲルが首を竦《すく》める。取調室に重苦しい空気が流れた。

「吉武弁護士が東郷の弁護を引き受けたことは確認できたが、本多若葉を使って羽鳥七海から二千百二十万円を詐取させたとは思えないんだ。たとえ沼部努に息子の不祥事を知られ、顧問料を一方的に大幅にダウンされたことを根に持ってたとしても……」

峰岸が小声で言った。

「確かに参事官がおっしゃる通りですね。こっちも、吉武雅之とミゲル・サントスの結びつきは無理があると思います」

「そうだろう？」

「ですが、人間は愚かな動物です。元検事の弁護士はきわめて理性的なんでしょう、普段はね。しかし、沼部に吉武健斗の事件のことを表沙汰《おもてざた》にされたら、父と息子の前途は閉ざされてしまうでしょう」

「それは間違いないだろうね」

「自分たちの人生が暗転するとわかってて、冷静でいられるでしょうか。吉武が弱みを知ってる沼部を第三者に葬《ほうむ》らせて、故人の財産を奪う気になったとも考えられなくはないでしょう？」

「その可能性がまったくないとは言わないよ。沼部が健斗の不始末をちらつかせたんなら、誰かに殺《や》らせた疑いは拭《ぬぐ》えないな。ただ、沼部がどこかにプールしてある大金や羽鳥七海が相続した株を売った金まで狙《ねら》うだろうか」

「その点は、こっちもやや首を傾《かし》げています。それでも、吉武が第三者に沼部努を殺《や》らせたかもしれないという推測は棄《す》てきれないんですよ」

「その疑惑はあるが、ミゲル・サントスの供述だけで吉武弁護士に任意同行を求めるわけにはいかないな。相手は東京地検の元敏腕検事だったんだ」

「強引に任意同行を求めたり、別件で引っ張ったりしたら、誤認逮捕だと騒がれるでしょうね」

「真崎君、何かいい手はないだろうか」

「これまでに何度も使った手ですが、恐喝屋《きようかつ》を装《よそお》って吉武弁護士に鎌をかけてみましょうか」

真崎は提案した。

「万が一、きみの素姓がバレたら、厄介《やっかい》なことになりそうだ。相手は法律家なんだから、甘く見ないほうがいいだろう。元部下の例の彼に強請屋《ゆすりや》か、ブラックジャーナリストに化けてもらえないかな」

「参事官、それはまずいですよ。野中はやくざですが、単なる助《すけ》っ人《と》です。特捜指令を正式に受けてるわけではありません。民間の人間を矢表《やおもて》に立たせるような真似は卑怯《ひきょう》でしょ？」

「きみの言う通りだな。苦し紛《まぎ》れの提案だったんだが、確かによくないね。提案は引っ込めよう。捜査が迷走気味なんで、つい恥ずかしいことを考えてしまった。自己嫌悪に陥《おちい》りそうだ」

「そんなふうにご自分を責めないでください。参事官というお立場なんですから、一日も早く真犯人《ホンボシ》に迫ってほしいと思うでしょう。もしかしたら、天野刑事部長にせっつかれてるんですか？」

「いや、天野さんはいつものように黙って見守ってくれてるよ。代々木署はそれほど大きな所轄じゃないから、第二期内に片をつけないと出費が大変だと思ったんで、つい……」

「峰岸さんは所轄署の予算をあまり減らすのは心苦しいと感じてるんですね？」

「うん、まあ。都内最大所轄の新宿署は署員が六百人で、常駐してる機動隊員を加えると千人以上もいるから、年間予算は多い」

「ええ、そうですね。しかし、所帯が小さな所轄署は捜査本部事件が難航すると、下半期は余裕がなくなるでしょう」

「そうなんだよ。それだから、できるだけ早く落着させないとね」

「所轄署の年間予算まで心配してる警察官僚《キャリア》は、参事官のほかに何人いるでしょう？　以前、天野刑事部長も同じようなことをおっしゃってたな。お二人は真のエリートなんでしょうね」

「ほかの有資格者《キャリア》にも、誠実な者はいるよ」

「そうですかね。大部分のキャリアは自分の出世のことしか考えていません。偉いさんたちが自分らはパブリック・サーバントだという意識を持たなければ、前近代的な警察はよくなりませんよ。学校秀才だからって、巨大組織の舵取《かじと》りができるわけじゃないと思うんですが……」

「耳が少し痛いが、そうだろうね」

「準キャリアや優秀な一般警察官《ノンキャリア》の意見にもっと耳を傾ける必要がありますよ。なんか話を脱線させてしまいました。すみません」

「皮肉ではなく、とても参考になったよ」

「いや、口幅《くちはば》ったいことを言ってしまいました。どうか聞き流してください。こっちの正体を覚《さと》られないよう注意を払いながら、吉武弁護士に鎌をかけてみます」

「そうしてくれないか。ミゲル・サントスの身柄《ガラ》は所轄の牛込署に移送しよう。本庁《ウチ》の第一機捜から若葉殺しの初動情報を集めておくよ」

「お願いします」

「何か動きがあったら、一報してくれないか」

　峰岸が真崎の肩を叩いた。

　真崎は狭い面通し室を出た。片桐隊長の部下たちを犒《ねぎら》ってから、別働隊のアジトを後《あと》にする。真崎は地下三階に行き、スカイラインに乗り込んだ。グローブボックスを開け、奥を覗く。ボイス・チェンジャーは収まっていた。

　真崎はスカイラインを発進させ、スロープを登った。本庁舎を出て間もなく、懐《ふところ》で私物のスマートフォンが振動した。

　真崎は車をガードレールに寄せ、スマートフォンを取り出した。ディスプレイには、野中の名前が表示されている。

「マカロフPbの薬莢と弾頭のことがちょっと気になったんですよ。真崎さんのことだから、どっちも回収してくれたと思うけど」

「あっ、それは回収し忘れたな」

「ええっ、そうなんですか⁉　ちょっと危《ヤバ》いな」

「野中、安心しろ。どっちも、しっかり回収しといたよ。薬莢と弾頭は、バレない方法で処分済みだ」

「びっくりさせないでくださいよ。ミゲル・サントスは、別働隊のメンバーに真崎さんがサイレンサー・ピストルを一発ぶっ放したことを言わなかったのかな？」

「言ったよ。でも、おれは全面否定しておいた。そのことで、おれが嘘《うそ》をついたとは思われてないだろう」

「なら、ひと安心だね。ミゲルは取り調べで供述を変えたりしなかったんですか？」

「ああ。吉武に頼まれて、本多若葉の心臓部に水中銃《スピアガン》の銛を打ち込んだという供述内容は変えなかったよ」

「そうですか。真崎さん、本当に殺しの依頼人はヤメ検弁護士なのかな。東郷勝の彼女だった若葉と吉武に接点はあると思いますけど、なんかすっきりしないんですよね」

「どの点が腑《ふ》に落ちないんだ？」

「吉武は息子の事件を示談にして事件化させないよう動いたんだろうが、その秘密を沼部にちらつかされてもそれほどビビらないんじゃないのかな」

野中が言った。

「吉武は焦《あせ》るはずだよ。事件を揉《も》み消すようなことが明るみに出たら、弁護士としての信用を失うだろう。息子の健斗の事件が暴《あば》かれれば、父子ともに将来は暗くなるじゃないか」

「だからといって、ミゲルを雇《やと》って沼部努を殺《や》らせますかね。沼部に弱みをちらつかされて顧問料をぐーんと減らされても、脅迫相手を抹殺する気になるとは思えないんですよね。まして本多若葉を偽弁護士に仕立ててまで、沼部の愛人から株の売却金を奪う気になるだろうか。元検事の弁護士がそんなことを考えます？」

「ある程度の社会的地位を得た者は、総じて臆病《おくびょう》で防衛本能が強い」

真崎はすぐに反論したが、野中の推測を覆《くつがえ》すだけの根拠はなかった。峰岸参事官も、ミゲル・サントスの雇い主は吉武ではないと考えている様子だった。

よく考えてみれば、ミゲルはあまりためらうことなく代理殺人の依頼主の名前を吐いた。吉武に濡衣《ぬれぎぬ》を着せたかったのか。そんなふうにも思えてきた。

「ミゲルは別働隊の取り調べが終わったら、身柄《ガラ》を牛込署に移されるんでしょ？」

「その予定だよ」

「本庁の第一機捜と牛込署刑事課の調べは緩《ゆる》くないだろうから、ミゲルが何か隠してるんだったら、自白《ウタ》うんじゃないかな。真崎さん、吉武にもちょいと揺さぶりをかけてみたら？」

「これから、そうすることになってたんだ」

「そうだったんですか。おれに手伝えることがあったら、いつでも声をかけてください」

野中がそう言い、電話を切った。

真崎はスマートフォンを所定のポケットに戻し、グローブボックスからボイス・チェンジャーを摑み出した。

捜査資料を見てから、ボイス・チェンジャーを用《もち》いて吉武法律事務所に電話をかける。

受話器を取ったのは若い女性だった。多分、事務員だろう。

「関東《かんとう》テレビの討論番組の担当ディレクターの冬木《ふゆき》という者ですが、吉武先生はいらっしゃいますか？」

「おりますが、ご用件をうかがわせていただけますでしょうか？」

「番組にコメンテーターとして、出演していただきたいんですよ。先生にお取り次ぎ願えますか」

「わかりました。少々、お待ちになってください」

相手の声が途切れた。少し待つと、落ち着いた男性の声が耳に届いた。

「吉武です。せっかくですが、マスコミにはあまり出たくないんですよ」

「息子の健斗の傷害事件を示談にしたことがバレると、先生もまずいわけかい？」

真崎は乱暴な口をきいた。

「き、きみは何者なんだ⁉　関東テレビのディレクターなんかじゃないなっ」

「その通りだ。人は、おれのことをハイエナと呼んでるみたいだな。恐喝《カツアゲ》で喰ってるんで、そう呼ばれるようになったんだろう」

「電話、切るぞ」

「おれに逆《さか》らったら、あんたは身の破滅だぜ。クラブでDJを細々とやってる倅《せがれ》も、人生のシナリオを改稿せざるを得なくなるだろうよ」

「わたしは、どんな脅迫にも屈しないぞ」

「先生、ずいぶん強気じゃねえか。あんたがそう出てくるなら、おれも遠慮しないぜ。先生は息子の不始末を揉み消しただけじゃない。あんた、顧問をやってた『共進興業』の沼部社長をフィリピン人の男に刺殺させたな。二月十二日夜の事件のこと、知らないとは言わせねえぞ」

「ばかなことを言うな。沼部社長のことはよく知ってるが、フィリピン人の男の知り合いはひとりもいない」

吉武が言った。

「とぼけんなって。ミゲル・サントスのことだよ。ミゲルはあんたに頼まれて、沼部努を殺害したことを認めてる。それだけじゃない」

「そんな名のフィリピン人はまったく知らない。つまらん言いがかりはやめろ！」

「あんた、服役中の東郷勝の弁護を引き受けたよな？」

「それがどうしたというんだっ」

「東郷の情婦《いろ》だった本多若葉が自宅マンションの敷地内で殺されたこと、知ってるだろ?」

「今朝《けさ》のテレビニュースで知って、びっくりしたよ。本多さんとは公判のとき、何度か法廷で顔を合わせてたんでね。まだ若かったのに、誰に殺されたんだか……」

「白々《しらじら》しいな。あんたがミゲル・サントスに命じて、若葉の心臓部に水中銃《スピアガン》の銛《もり》を撃ち込ませたんだろうが！　先生は若葉を弁護士に化けさせて、沼部の愛人の自宅マンションに行かせた。で、愛人の羽鳥七海がパトロンから相続した持ち株を売った代金二千百二十万を詐取させた。若葉は、おれに犯行を認めたんだよ。東郷が世話になったんで、あんたの頼みを断れなかったと言ってた」

「本多さんが言ったことは、でたらめだ。事実無根だよ」

「しぶといね。あんたは、沼部がどこかに隠してあった多額の金もかっぱらったようだな」

「わたしはどんな殺人事件にも関わっていないし、誰かに沼部さんの愛人の金を騙《だま》し取らせたこともないっ」

「おれは警察と相性《あいしょう》がよくねえんだ。だからさ、一千万円の口止め料を用意してくれりゃ、一連の犯行は警察にもマスコミにもリークしねえよ。約束してもいい」

「わたしは何も疚《やま》しいことはしてないっ。本多さんは誰かに犯罪の片棒を担《かつ》がされて、わたしを共犯者か主犯に仕立てる気になったんだろうな」

「何も疚しいことはしてねえって？」

「ああ、していないよ」

「そこまで言い切るんなら、息子の不祥事のことを暴いてもいいんだな？　そうなったら、あんたが倅の傷害事件を立件させなかったことも世間に知れてしまうぞ。それでも、いいってわけだ。開き直りやがったか」

「そ、それは……」

「困るだろうがよっ」

「ああ」

「だったら、午後六時に京浜島《けいひんじま》つばさ公園に一千万円を持って来い！　もちろん、ひとりでな。京浜島の東側にある公園だよ。夕方になれば、園内には人影がなくなるだろう」

「一千万円を渡せば、息子の事件に関することは誰にも喋《しゃべ》ったりしないと誓約書を認《したた》めてくれるか？」

「いいだろう。妙なお供を連れてきたら、あんたは築き上げたものをすべて失うことになるぜ」

真崎は凄《すご》んで、荒っぽく通話を切り上げた。

後ろめたかったが、吉武を狼狽《ろうばい》させることはできた。元検事の弁護士は、息子の不始末以外は強く否認した。その通りなのか。それとも、空とぼけているのだろうか。

昼食を摂《と》ってから、夕方まで何かで時間を潰すことにした。真崎はボイス・チェンジャーをグローブボックスに突っ込み、スカイラインを走らせはじめた。

2

夕闇が濃くなった。

指定した時刻の七分前だ。京浜島つばさ公園には、自分のほかに誰もいない。

真崎は公園の出入口の前にたたずみ、運河の向こうの羽田《はねだ》空港に目を向けていた。

運河から吹いてくる風は、わずかに潮の香《か》を含んでいる。湿っぽかった。だが、冷たくはない。

離着陸するジェット機の航空灯の瞬《また》きが何やら幻想的だ。息子が幼稚園児のころ、たびたび空港を訪れた。翔太はミニカーを集めていたが、飛行機好きでもあった。

妻の美玲は半《なか》ば本気で、我が子が国際線のパイロットになることを望んでいた。美玲は少女時代、客室乗務員《キャビンアテンダント》に憧《あこが》れていたらしい。

いま、翔太はゲーム・クリエイターになりたがっている。数年後には、また別の職業に就《つ》きたがるのではないか。他人に迷惑をかけなければ、生きたいように生きればいい。子を束縛《そくばく》することは罪だろう。

真崎は視線を下げ、公園の左右を見た。

気になる人影は目に留《と》まらない。不審な車輛も見当たらなかった。

真崎は、およそ三十分前に京浜島つばさ公園に着いた。スカイラインで公園の周辺を二周してみたが、怪しい人物は見かけなかった。吉武弁護士は荒っぽい男を雇わなかったようだ。

少し離れた場所で、一台のタクシーが停まった。

真崎は視線を伸ばした。後部座席から降り立ったのは吉武雅之だった。右手に、ビニールで覆《おお》われた紙袋を提《さ》げている。中身は札束だろう。

元検事の弁護士は、こちらに向かって歩いてくる。表情は硬い。タクシーが走り去った。

真崎は園内に入った。数十メートル先で立ち止まり、吉武を待つ。

待つほどもなく、吉武が園内に足を踏み入れた。

「銭よりも保身が大事だってわけだ。おかしな付録と一緒じゃねえだろうな?」

真崎は、立ち止まった吉武に言った。

「付録? ボディーガードという意味か。わたしひとりで来たんだよ」

「いい心掛けだ」

「口止め料はちゃんと払う。しかし、きょうは半分だけしか用意できなかったんだ。残りの五百万は、数日中に指定された銀行口座に振り込むよ」

「銀行振込は駄目だ。他人の口座に振り込ませても、こっちの身許《みもと》が割れちまうかもしれないからな」

「用心深いんだね」

「当然だろうが！　おれは恐喝をやってんだからな」

「そういうことなら、残りの金は直《じか》に手渡すことにしよう。約束の口止め料は払うから、これ一回きりにするという内容の誓約書が欲しいんだよ」

「弁護士らしいな」

「誓約書、書いてくれるね？」

吉武が縋《すが》るような眼差《まなざ》しを向けてきた。

「返事は保留にさせてくれ。ちょっと確認しておきたいことがあるんでな」

「何を確かめたいんだ？」

「あんたは息子の不始末を立件化させないよう動いたことは認めたが、本多若葉を使って詐欺なんかさせてないと電話で言ってたよな？」

「ああ、言ったよ。それが事実だからな。もちろん、沼部社長殺害事件にもまったく関与していない」

「その通りなら、あんたは誰かに濡衣《ぬれぎぬ》を着せられたことになる」

「そうなんだろうね。誰かがわたしを陥《おとしい》れようと画策したにちがいない」

「息子の事件で、被害者側があんたたち親子に恨みを持ってるとは考えられないか？」

「わたしは健斗と一緒に被害者に誠実に謝罪して、警察に立件を見送ってもらえるようお願いしたんだ」

「相手はあんたの息子に殴打《おうだ》された上に、所持金を奪われたんだ。とても示談に応じる気持ちになるとは思えないな」

「最初は、和解には応じられないと言われたよ。先方の立場としたら、当然だろう。被害者が頑《かたく》なだったんで、息子は立件してもいいと開き直った」

「まだ若いからな。自分に非があることはわかってても、ひたすら頭を下げつづけたくなかったんだろう」

真崎は呟《つぶや》いた。

「そうだったんだろうね」

「父親のあんたはうろたえた。自分の信用を失うこともさることながら、倅が前科者になったら、生きにくくなるからな」

「わたしは自分のことはともかく、健斗に犯罪者のレッテルが貼られるのをなんとしてでも避けたかったんだよ」

「検事も人の子だな。アンフェアな手を使うことには疚《やま》しさを感じながらも、我が子の将来を案じたわけだ？」

「そうなんだよ。健斗はあまり出来はいいとは言えないが、根っからの悪党じゃない。思い通りにならないことがいろいろあったので、DJの仕事を妨害した被害者に腹を立ててしまったんだろう。収入も多くなかったんで、つい魔が差して……」

「倅も、ぶっ飛ばした相手の所持金をいただいちゃったんだろうな」

「わたしにはそう弁解したよ。父親としては息子に立ち直るチャンスを与えてやりたかったんだ。だから、恥も外聞もなく被害者にできるだけの誠意を見せて、ようやく示談に応じてもらったんだよ」

「入院加療費はもちろん全額負担して、詫び料として少なくない金額を提示したんだろうな」

「迷惑料として、一千万円を受け取ってもらったんだ。場合によっては、一千五百万までは払うつもりだった。それだけ息子は、相手にひどいことをしたのだから」

「そこまで誠意を見せれば、相手も折れる気持ちになるだろうな。そういう流れがあって、示談は成立したわけか」

「そう、そうなんだ。わたしが息子を庇《かば》ったのは愚かなことだが、たったひとりの子供だから、しっかりと生き直してほしかったんだよ。過保護だと自覚しながらね」

「その親心はわかるよ。それはそれとして、あんたを陥れようとした人間にまったく心当たりはないのか？」

「思い当たる人物はいないんだ」

「そうか。本多若葉とは東郷勝の裁判のときに法廷で何回か顔を合わせただけだと言ってたよな。それだけのつき合いだったのか？」

「そうなんだが……」

吉武が言い澱《よど》んだ。

「何か隠してることがあるようだな」

「実は、本多さんに仕事を世話してあげたことがあるんだよ。東郷勝が服役してから、本多さんは人材派遣会社に登録して事務系の派遣社員として働いてたんだ。でもね、一方的に派遣切りに遭《あ》ったりして、収入面で安定してなかったようなんだよ。そんなことで、本多さんはわたしのオフィスに訪ねてきたんだ」

「吉武法律事務所で働かせてもらえないかって言われたのか？」

「そうなんだ。しかし、スタッフには困ってなかったので、雇ってあげられなかったんだよ。本多さんが途方に暮れた様子になったんで、後日、『共進興業』の沼部社長に相談してみたんだ」

「本多若葉はある時期、沼部の会社で働いてたのか？」

「いや、『共進興業』も女性事務員は不足してなかったんだ。沼部社長はわたしの顔を立ててくれたのか、個人的なサイドビジネスの資料集めとして本多さんを採用してくれたん

情報を集めたんだが……」

「沼部社長は個人的に別の商売をしてたのか。それは知らなかったな、あっちこっちから
だよ」

「そう」

「沼部はどんな副業をやってたんだ？」

「先物取引をやって、いろんなファンドに投資してた。詳《くわ》しいことはよく知らないが、リスクがあってもハイリターンを期待できる投資をしてたみたいだね。本業よりも、サイドビジネスの儲《もう》けのほうが大きかったときもあったらしい。大きく儲けたら、若い時分に働いてた大手スーパーを買収するんだと真顔で沼部社長は言ってた。下剋上《げこくじょう》の歓《よろこ》びを味わいたかったんだろうな。バイヤーとして会社に貢献したのに、給与はさほどよくなかったようだから。女性問題で降格されたこともあって、沼部社長は独立してスーパーを開いたんだ。しかし、十年前に潰《つぶ》してしまって自己破産した。便利屋で喰い繋《つな》ぎながら、沼部社長は事業家として再起したんだ」

「そのことは知ってる。事業資金は資産家の未亡人の日下麗子が用意してくれた」

「そんなことまで知ってるのか⁉　驚いたな」

「あらゆる情報を収集して、こっちはカモを見つけてるんだよ。そんなことより、沼部は内縁関係にあった日下麗子に出資してもらった五千万円をちゃんと返済したのか？」

真崎は誘い水を撒《ま》いた。捜査資料で確認していたことだが、念を入れることにしたわけだ。

「それは間違いないよ。日下さんは『共進興業』の所有株を沼部社長に譲渡して、役員も退《しりぞ》いたんだ」

「日下麗子は、沼部の女関係の多さに呆《あき》れたのかな。で、沼部と距離を置く気になったのか。そうなんだろうな」

「いや、二人の関係は以前と変わらなかったよ。どちらも、大人同士の割り切った仲だったんだろう。日下麗子さんも、沼部社長以外の男性と適当につき合ってたみたいだね」

「あんたも、リッチな未亡人に色目を使われたことがありそうだな」

「役員会議で日下さんと同席してたが、そういうことは一度もなかったよ。多分、わたしは彼女の好みではなかったんだろう」

「あんたのほうは、どうだったんだ？　男好きの未亡人を抱いてみたいと思ってたんじゃないのか」

「わたしは結婚して一度も妻を裏切ってないし、浮気をしたいと思ったことはないよ」

「堅物《かたぶつ》なんだな。いろんな花を手折《たお》るのは娯《たの》しいもんだぜ。ひとりひとり抱き心地《ごこち》が違う。体の構造が微妙に異《こと》なるんだ」

「そういう話はやめようじゃないか」

「あんた、元検事じゃなくて、判事だったんじゃないの？　こういうからかいは、よくないか。話を戻すが、日下麗子が沼部殺しに絡《から》んでるなんてことは考えられない？」

「そうだね。それから、日下麗子さんが沼部社長の愛人宅に本多さんを行かせたなんてこともあり得ないだろう。日下さんは沼部社長と愛情面のトラブルはなかったし、お金に不自由してないからな」

「日下麗子と本多若葉が繋がってたという話は耳に入ってないんだが……」

「二人には接点がなかったと思うね」

「そうだろうか。話題をまた変えるが、沼部社長が個人的に財テクに励《はげ》んでたことを知ってるのはあんたのほかに誰が……」

「倉持新社長は知ってるはずだよ。彼は本多さんが集めた投資関係の最新情報を受け取って、沼部社長に渡してたからね」

「倉持善行と本多若葉には、そういう接点があったのか」

「本多さんは正規の社員ではなかったが、沼部社長は専務の倉持氏を介して月々の謝礼を払ってたんだ。わたしはその額までは知らないが、おそらく三十万円前後は払ってたんだろうな。本多さんは、ほかに何かアルバイトをしてた様子はなかったから」

「質素に暮らせば、東郷の預金に頼らなくても……」

「暮らせただろうね」

「先生、女好きの沼部が本多若葉にちょっかいを出さないなんて考えられないんじゃないのか」

「彼氏が堅気だったら、おそらく沼部社長は本多さんを口説いてただろうね。でも、怕《こわ》い男の彼女に手を出すほどの勇気はないんじゃないか」

吉武が答えた。

「そうだろうな。うっかりアウトローの情婦《いろ》に手をつけたら、会社を乗っ取られて殺されるかもしれないからね」

「二人は男女の関係じゃなかったはずだよ」

「新社長になった倉持は二人の連絡係を務めてたんだから、ひょんなことで深い仲になってしまったとも考えられるんじゃないか」

「前専務は沼部社長に目をかけられてたんだよ。本多さんがどんなに魅力的でも……」

「沼部が気に入ってる女を口説いたりしない？」

「そう思うね」

「そうかもしれないな。ところで、先生は沼部が個人の金をどこに保管してるか知ってるんじゃないの？」

「わたしは知らない。会社の内部留保は二つのメガバンクに預けてあったはずだが、沼部社長が亡くなる半月前にはぐっと少なくなってた」

「どういうことなんだ？　沼部はだいぶ羽振《はぶ》りがよかったという噂《うわさ》だったぞ」

「『共進興業』の営業利益は、実はそれほど大きくはなかったんだ。沼部社長は会社が急成長してるように見せかけたかったんだと思う。赤字経営ではなかったが、収益はたいした額じゃなかったんだよ。だから、個人でせっせと先物取引や投資ビジネスに励んで、そちらの儲けを会社に回してきたんだろうね」

「『共進興業』の内部留保がぐっと少なくなったということは、サイドビジネスに失敗したのかもしれないな。先物取引か何かで大損して、巨額を失ったんじゃないだろうか」

「そうなんだろうか。しかし、スーパーの経営にしくじって沼部社長は自己破産までしてるから、『共進興業』は死守したいと考えてたんではないかな。なんとか会社を建て直そうとして、何か強引な手段で手っ取り早く金の工面《くめん》をしようと思ったんじゃないだろうか」

「銀行からの融資が無理なら、何か違法ビジネスで荒稼ぎするほか方策がなさそうだな。殺された沼部は企業恐喝をしてたんだろうか。本多若葉は投資ビジネスに関する最新情報を集めてたんだろう？」

「そう」

「本多若葉も何者かに殺《や》られてしまった。死んだ二人は、ある企業の何か不正の証拠を握ったのかもしれないな」

「それ、考えられるね」

「沼部は本多若葉を唆《そそのか》して、企業恐喝に協力させた。若葉は彼氏が服役中なんで、まとまった銭が欲しかった。沼部は、投資ビジネスの元手をなんとかダーティー・ビジネスで取り戻したかった。二人の利害は一致したわけだから、後は実行するのみだ」

「それで、何か大きな不正を隠してる大会社に裏取引を持ちかけたんだろうか」

「先生、大企業とは限らないよ。ブラック企業にリストアップされた飲食店チェーン、衣料会社など準大手や中企業を狙ったのかもしれない」

「それ、考えられるね。多額を脅《おど》し取ろうと欲をかいたんで、二人は抹殺されてしまったんだろうか」

「そう推測することはできるな」

真崎は言った。

「きみは本当に恐喝屋なのか？」

「急に何を言いだすんだよ」

「きみの言葉遣《づか》いは荒っぽいが、アウトローたちとは崩れ方が違う。卑《いや》しさが感じられない」

「おれは強請《ゆすり》で喰ってるハイエナさ。卑しさの塊《かたまり》だよ」

「いや、そうじゃないな。もしかしたら、警察関係者なんじゃないのか？」

吉武が真崎の顔をまじまじと見た。暗くて、表情はよく読み取れないだろう。

「おれは強請屋だって」

「もしかしたら、きみは麻布署の刑事なんじゃないのか？　息子の事件を調べ直して、真相を究明しようとしてる。そうなんだろう？」

「刑事に見られたのか。最悪だな。おれは、権力に擦《す》り寄って生きてる奴らが大っ嫌いなんだ。なんか面白くねえな」

真崎は内心の狼狽を隠し、吉武を睨《にら》みつけた。

「捜査関係者なら、改めてお願いする。わたしが息子の事件を示談にしたことをどうか見逃してくれないか。親馬鹿と嘲笑《ちょうしょう》されてもかまわない。倅が前科をしょって自暴自棄になる姿を見たくないんだよ。そんなふうになったら、わたしと妻は……」

「おれは刑事《デカ》じゃないって。何遍《なんべん》言えば、わかるんだっ」

「どうか大目に見てください。残りのお金は必ず用意しますので、息子の事件はもうつつかないでください。この通りです」

吉武が敬語で言って、頭《こうべ》を深々と垂《た》れた。

「なんか調子が狂っちまったな。おれも一応、人の親なんだよ。先生の子を想《おも》う気持ちはよくわかる。出来の悪い子ほどかわいいからな」

「健斗はまだ人生を甘く見ていますが、そのうち真人間になれるでしょう。わたしと妻が手を携《たずさ》えて、息子を必ず立ち直らせます。あなたに口止め料を渡したことは絶対に他言しませんよ」

「先生、もういいって」

「いいって、どういう意味なんです？」

「あんたから口止め料をせびる気はなくなったよ。虎ノ門のオフィスに帰りなって」

「本当にいいのかね？」

「先に公園を出てくれないか」

「きみは心根《こころね》まで腐ってるわけじゃないようだな」

「いいから、消えてくれ」

「ありがとう。きみのことは生涯忘れないよ」

「気が変わらないうちに消えてくれって」

真崎は焦《じ》れて大声をあげた。吉武が一礼して、手提げ袋を胸に抱《かか》えた。そのまま小走りに公園から出ていく。

真崎は上着のポケットから、煙草《たばこ》と百円ライターを一緒に掴《つか》み出した。

3

京浜島つばさ公園を出た直後だった。

真崎の上着の内ポケットで、刑事用携帯電話《ポリスモード》が着信音を発した。あたりに人がいないことを目で確かめてから、ディスプレイを見る。

発信者は峰岸参事官だった。真崎は路上駐車してあるスカイラインに向かいながら、ポリスモードを耳に当てた。

「まだ吉武弁護士に揺さぶりをかけてないのかな?」

峰岸が開口一番に訊いた。

「少し前に吉武を揺さぶり終えました」

「それで、心証はどうだった?」

「シロでしょうね」

真崎は経過をかいつまんで報告した。

「そういうことなら、吉武雅之は本部事件には関与してないと判断してもいいだろう。殺された本多若葉は吉武弁護士に恩義があるわけだから、罪を被《かぶ》せようとしたとは考えにくい」

「ええ。若葉は伊丹秋生の代理人だと偽《いつわ》って羽鳥七海の自宅マンションを訪ねてますが、元食品卸問屋の社長が二千百二十万円の詐取に絡《から》んでなかったことははっきりしてます」

「そういう報告だったね。若葉は、伊丹が沼部に一億円以上の売掛金を踏み倒されたことを誰から聞いてたんだろうか。昔のことを若葉に教えた者がわかれば、捜査は進展しそうだな」

　峰岸が呟くように言った。真崎はポリスモードを左手に持ち替え、スカイラインのドアを開けた。素早く運転席に乗り込み、ドアを閉める。

「資産家の未亡人と本多若葉に接点はなかったんだから、伊丹の問屋が十年前に連鎖倒産する羽目《はめ》になったという話を日下麗子から教えてもらったなんてことはあり得ないわけだ」

「そうでしょうね。若葉は、そのことを沼部か倉持善行のどちらからか聞いたんだろうな」

「真崎君、新社長はその件を知らないかもしれないいんじゃないか？」

「知ってるはずですよ、『共進興業』の新社長は。沼部が存命中、伊丹は酒の勢いを借りて『共進興業』に押しかけ、事業家として再起したのだから、未払いの売掛金の一部でも払えと迫ってます。そのことは倉持が証言してるんですよ」

「ああ、そうだったね。伊丹も、沼部の会社に乗り込んだことは否定しなかったという話だったな」

「ええ」

「倉持は、沼部のサイドビジネスの最新情報を集める仕事をしてた本多若葉と定期的に会ってデータを受け取ってたということだから、伊丹の昔のことを彼女に教えてた可能性はあるだろう」

「そうですね。沼部は伊丹に迷惑をかけたわけです。そういうマイナスになる昔話は、若葉に喋《しゃべ》らないと思いますよ」

「だろうな。しかし、沼部は無類の女好きだった。若葉の彼氏は服役中なんで、半《なか》ば強引に抱いてしまったのかもしれないぞ。それで、男女の関係になってから、沼部は伊丹のことを何かの弾みに喋った。若葉は沼部に手をつけられたのに、愛人の手当は貰《もら》えなかったんじゃないのかね」

「腹立ち紛《まぎ》れに若葉は、羽鳥七海が被害者から相続した株の売却代金を騙《だま》し取った。峰岸さんは、そんなふうに筋を読むこともできるんではないかと……」

「そういう筋読みには無理があるだろうか」

「沼部の女好きは病的だったんでしょうが、本多若葉の交際相手は堅気じゃありません。損得ばかりを考えて生きてきた沼部は、東郷の情婦《いろ》を寝盗《と》ったりしたら、手痛い仕返しをされて結局は大損させられることはわかってたと思いますよ」

「そうだろうね。沼部は、本多若葉には手をつけてなさそうだな。新社長になった倉持善行はどうだろうか」

「倉持も〝危ない女〟を口説く気にはならないと思いますが、若葉のほうからモーションをかけられたら、誘惑に負けてしまうかもしれません。沼部ほど女擦《ず》れしてなさそうだからな」

「そうだね。男の肌が恋しくなった本多若葉は倉持に惹《ひ》かれてしまったのかもしれないぞ。そうだったとしたら、二人は秘密を共有したんだろう。それで、忍ぶ恋を周囲の者には覚《さと》られないよう細心の注意を払ってたんではないか」

「参事官、そうだったのかもしれませんね」

「そうだったと仮定してみよう。倉持は沼部に恩義があると感じながらも、若葉と離れられなくなってしまった。惚《ほ》れた相手に自分は沼部の〝茶坊主〟では終わらないという野心があることを示したくて、『共進興業』を乗っ取る気になったんではないだろうか」

「峰岸さんの推測が正しければ、倉持は沼部を誰かに始末させたという疑いも出てきますね。さらに若葉を使って、羽鳥七海がパトロンから相続した株の売却代金二千百二十万円を詐取《さしゅ》させた疑惑も……」

「そうだね」

「倉持はあちこちから借金して、『共進興業』の筆頭株主になったと言ってました。それ

「捜査資料には、倉持が筆頭株主になった経過について数行しか記述されてなかったね。倉持が借金して筆頭株主になったとしても、あまり儲かっていない会社の役員給与だけで負債を返せるだろうか」

「無理でしょうね」

「真崎君、倉持新社長は借金の返済額を少しでも減らしたかったんで、若葉と共謀して羽鳥七海から二千百二十万円を騙し取ったんではないのかな」

「そうなんだろうか」

「倉持は『共進興業』の新社長になれたわけだが、何かで本多若葉と仲違《たが》いしたのかもしれないぞ。そうだとしたら、倉持は第三者に若葉も片づけさせたんじゃないのかな」

「峰岸さん、牛込署に移送したミゲル・サントスは相変わらず供述を変えてないんですか？」

真崎は問いかけた。

「そうなんだ。雇い主は吉武弁護士だと言い張って、後《あと》は黙秘権を行使《こうし》してるそうなんだよ。しかし、吉武雅之はミゲル・サントスとは一面識もないと言ったんだったね？」

「ええ。嘘をついたようには見えませんでしたよ。その通りなんでしょう」

「そうだろうな。ミゲルは倉持を庇いきれば、残りの百五十万円をフィリピンの身内に送金してもらえると思ってるのかもしれないな」

「水中銃《スピアガン》や銛から、ミゲル以外の人間の指紋や掌紋《しょうもん》はまったく出なかったんですか?」

「機捜に別働隊に探《さぐ》りを入れてもらったんだが、加害者以外の指掌紋《ししょうもん》は採取できなかったそうだよ」

「そうですか。もう司法解剖は終わったんでしょ?」

「午後二時過ぎに解剖は終わって、亡骸《なきがら》は東京都監察医務院から久里浜《くりはま》にある若葉の実家に搬送された。機捜が被害者の両親と弟に会ったんだが、有力な手がかりは得られなかったらしいよ」

峰岸が言って、吐息をついた。

「牛込署は若葉の部屋から、捜査資料になるような物はことごとく運び出したんでしょうね?」

「そういう話だったね。故人のスマートフォンには、沼部と倉持の両方の電話番号が登録されてたらしい。機捜は電話会社から若葉の通信記録を取り寄せた結果、被害者がちょくちょく倉持から連絡を受けてたことが明らかになったそうなんだ」

「だからといって、若葉が倉持と男女の仲になってたとは言えません。被害者《マルガイ》は沼部のサイドビジネスの資料集めをして、そうしたデータを倉持に渡してたんですから」

「そうだね」

「若葉の部屋に札束は隠されてなかったんでしょうか」

「大金はなかったそうだ。自宅には十数万円の現金と若葉名義の預金通帳が二通あったらしいが、残高は併《あわ》せて百七十万弱だったという話だったな。羽鳥七海から騙し取った大金は、おそらく倉持にすぐに渡したんだろう」

「参事官、まだ二人がつるんで二千百二十万を詐取したと裏付けられたわけではありません」

「おっと、いけない。予断は禁物だね。別働隊に倉持の私生活について調べてもらうよ。夫婦仲や生活ぶりを調べてもらえば、倉持が若葉と特別な関係だったかどうかわかりそうだからな」

「ええ。よろしくお願いします」

「真崎君は、どう動くつもりなのかな？」

「これから五反田の『共進興業』に行って、倉持にそれとなく探《さぐ》りを入れてみるつもりです。誰か社員を捕まえて、情報を集めようとも考えてます」

「そうか。単に再聞き込みをしに来たと思わせるようにしてほしいな。言うまでもないことだが……」

「そのあたりは心得てます」

真崎は電話を切った。

エンジンを始動させる。シフトレバーに手を掛けたとき、私物のスマートフォンに着信があった。スマートフォンを手に取る。

発信者は野中だった。アイコンに触れる。

「参考になるかどうかわからないけど、ちょっとした情報が耳に入ったんですよ。一応、真崎さんに教えといたほうがいいと思ったんだ」

「もったいぶらないで、早く言えよ」

真崎は急《せ》かした。

「追分《おいわけ》組と友好関係にある某組の幹部が十日ほど前に府中《ふちゅう》刑務所を仮釈《かりしゃく》で出てきたんですけど、その男は木工班で東郷勝と一緒だったそうです。それでね、東郷は十カ月ほど前から本多若葉の面会回数がだんだん少なくなったとぼやいてたらしいんですよ」

「そうなのか」

「で、おれは沼部努が若葉をコマしたんじゃないかと思ったわけです。若葉は沼部の愛人《レコ》になったんじゃないだろうけど、ずっと男とナニしてなかったんだと思う。それで、沼部に抱かれてたんじゃないかと推測したんです。東郷を裏切ってしまったら、後ろめたくて面会に行けなくなるでしょ？」

「本多若葉が浮気してたとしたら、その相手は沼部じゃない気がするな」

「相手は誰なんでしょう？」

「多分、倉持善行だろう」

「えっ⁉　でも、倉持は沼部に目をかけられてたんでしょ？」

野中は合点《がてん》がいかないようだった。真崎は、峰岸参事官から聞いた話と自分の臆測《おくそく》を手短に喋った。

「そういうことなら、本多若葉は倉持善行とデキちゃったんだろうね。うん、そうなんだろうな。あまり女遊びをしてない野郎は魔性《ましょう》の女に引っかかりやすいですからね」

「そうだな」

「倉持は若葉のため、『共進興業』を乗っ取る気になったんじゃない？　ひょっとしたら、若葉に焚《た》きつけられたのかもしれませんよ。若葉は東郷のことは嫌いじゃなかったんだろうけど、所詮《しょせん》は真っ当な男じゃない。やくざ者になったおれが偉そうなことは言えないけどね」

「おまえは堅気じゃないが、魂《たましい》までは汚れてない。憎めない悪党《ワル》だよ」

「そんなに誉《ほ》められると、なんか嬉《うれ》しくなっちゃうな。そのうち何か奢《おご》りましょう」

「いいから、話をつづけろって」

「わかりました。若葉はいつまでも東郷とつき合ってても、幸せにはなれないと見切りをつけたんじゃないかな。それで、倉持に乗り換《か》える気になった。倉持のほうも若葉とくっついてもいいと思ったんじゃないですか？」

「沼部は先物取引やファンドに投資してサイドビジネスに励んでたんでしょ？　大きな損失を出したかもしれないけど、そちらの儲けはまだ残ってたんじゃないのかな。倉持はその金を奪う気になって、殺し屋《プロ》に沼部を消させたのかもしれませんよ」

「かもしれないな」

「その金で、故人の持ち株を遺贈された羽鳥七海から全株を譲り受けて『共進興業』の代表取締役になった。おまえは、そう筋を読んだんだな？」

「そうです。沼部が財テクで稼ぎ出した個人資金はそれほど多くなかったんで、七海から買った株の代金であらかた遣《つか》ってしまったんだろうな。それでは心許《こころもと》ないんで、倉持は若葉と謀《はか》って七海から二千百二十万円を騙し取ったんでしょ？　その後、倉持は何かで本多若葉とトラブルになったんじゃないのかな」

「倉持は若葉を生かしておいたら、いつか自分が破滅することになるだろうという強迫観念から逃《のが》れられなかった？」

「そうだったんじゃないかな。だから、何らかの方法でミゲル・サントスと接触して、若葉を始末させたんじゃないですかね。真崎さん、ミゲルの野郎はヤメ検弁護士の吉武が依頼人だと言い張ってるんですか？」

　野中が訊いた。

「そうらしいんだ」

「倉持は何かおいしいことをミゲルに言って、絶対に殺しの依頼人の名は自供《ゲロ》するなと言い含めてあったんでしょうね」

「そう考えられるな。それにしても、ミゲルはたったの二百万で殺しを請け負ったようだ。若葉の命も安く見られたもんじゃないか」

「真崎さん、ミゲルは倉持に頼まれて沼部努も殺《や》ったんじゃないんですかね。そちらの成功報酬は三百万か四百万だったのかもしれないな」

「そうなんだろうか」

「おれ、倉持を拉致《らち》してもいいですよ。少しハードに締め上げれば、倉持は完落《かんお》ちすると思うな。真崎さんが直《じか》に倉持を痛めつけたことが発覚したら、面倒な事態になるだろうからね。汚れ役は自分が引き受けますよ。懐にICレコーダーを忍ばせておいて、倉持の自供音声をばっちり録音する。おれはボイス・チェンジャーで声を変えますよ」

「そうしても、声紋鑑定でおまえの身許は割れるよ。痛めつけられた倉持は、野中の人相着衣《ニンチャク》を初動の捜査員に言うにちがいない。丸刈りの大男でヤー公みたいだったと倉持が言えば、おまえが割り出されるのは時間の問題だろう」

「だったら、舎弟《しゃてい》にフェイスマスクを被らせて、倉持をどこかに監禁させますよ。それなら、おれの弟分は捜査線上には浮かばないでしょう。さんざん回り道をさせられたんだから、もう反則技を使ってもいいんじゃないですか？」

「これまでに反則技を重ねてきたから、正攻法で倉持を追い込むよ。おれは、まだ現職の刑事《デカ》だからな。野中の俠気《おとこぎ》には感謝しておく」

「真崎さんの流儀で犯人《ホシ》を追い詰めてください」

「そうするよ」

真崎は通話を切り上げ、車で五反田に向かった。

4

最上階に達した。

『共進興業』の社屋だ。真崎は一階にいた男性従業員に断って、三階まで階段を駆け上がった。倉持は社長室にいるという話だった。

真崎は社長室のドアをノックして、間《ま》を置かずに入室した。

倉持は応接ソファにだらしなく腰かけ、新聞を読んでいた。ほんの一瞬だけ不快そうな顔つきになった。来訪者が入室の許可を求めなかったことに少し腹を立てたのだろう。だが、すぐ倉持は柔和な表情になった。

「前社長を殺害した犯人がわかったんですか？」

「残念ながら、そうではないんですよ。新たに確認させてもらいたいことが出てきたんで、またお邪魔した次第です」

「そうですか。どうぞお掛けください」

「失礼します」

真崎は軽く頭を下げ、倉持の正面のソファに腰かけた。倉持が折り畳んだ夕刊をコーヒーテーブルの端に置いた。

「確認されたいというのはどんなことなんでしょう？」

「前社長の沼部さんは本業とは別に株や先物取引、それから各種のファンドに投資されてたんですね。捜査本部は、そのことを把握してなかったんですよ」

「そうなんですか」

「倉持さんは最初の聞き込みを受けたとき、そのことをなぜ話さなかったんでしょう？」

「沼部前社長が個人的に株・先物取引や投資に熱心だったことは、社業とは切り離して考えるべきだと思ったんですよ。ですので、最初に見えた刑事さんたちには食品卸問屋を潰された伊丹秋生さんや日下麗子さんのことを喋りました」

「元やくざの代山、伊丹、日下麗子の三人が臭いと思ったんですか？」

「代山、伊丹の二人は、ひょっとしたら、事件に関与してるかもしれないと思いました。どちらも前社長と利害が対立してましたのでね。ですが、日下麗子さんは別に怪しんだわけではありません。前社長の再起のチャンスを与えてくれた日下さんのことは触れておくべきだと判断したんですよ。あの方がいなかったら、前社長は便利屋をつづけていたでしょうね。日下さんのおかげで、わたしは前社長と知り合えたんです。そして、目をかけていただいたわけですよ。この会社を引き継ぐことになったのは、前社長と日下さんに少しばかり信頼してもらえたからです。お二方《ふたかた》には、本当に感謝しています。ことに沼部さんにはね」

「あなたと前社長は、子供時代にだいぶ辛い思いをしたようですね」

真崎は言った。

「ええ、そうなんです。どちらも豊かな家庭でぬくぬくと育ったわけではないので、わかり合う部分が多かったんですよ。わたしは、前社長を兄のように慕《した》っていました」

「沼部さんも倉持さんのことは右腕のように思ってたんだろうな」

「そうだったと思います。犯人がわかったら、この手で絞め殺してやりたい気持ちですよ。もちろん、そんなことはしませんが。頼りになる兄貴を喪《うしな》ったようで、とても心細いですね」

倉持が涙で声をくぐもらせ、下を向いた。

真崎は少し間《ま》を置いてから、口を開いた。

「前社長は先物取引や投資ビジネスで、かなり儲けてたようですね。日下さんの証言によると、沼部さんは八階建ての売りマンションを一棟買いする気でいたみたいだな」

「サイドビジネスが順調だったころは、マンションや商業ビルを次々に購入する気だったようです。もっと儲かったら、いずれは若い時分に働いてた大手スーパーを買収するんだと真顔《まがお》で言っていました」

「そうですか。前社長は、自宅マンションの非常階段を下《くだ》ってるときに水中銃《スピアガン》の銛で撃ち殺された本多若葉に投資ビジネスの最新情報を集めさせてたんでしょ？」

「そうです。顧問弁護士の吉武先生に頼まれて前社長は若葉、いいえ、本多さんを個人秘書として雇ったんです。彼女が会社に来ることはなかったのですが、前社長の投資ビジネスの資料集めをしてたんですよ」

「そうみたいですね。本多若葉が集めた投資情報をあなたが受け取って、沼部さんに渡してたんでしょ？」

「え、ええ」

「なぜ、そんな面倒なことをしたのかな」

「それは、ちょっとした事情があったんで……」

「本多若葉が、服役中の東郷勝の情婦《おんな》だったということはもうわかっています。ですんで、妙な隠しごとはしないでほしいな」

「わかりました」

「前社長は本多若葉を口説いて、愛人のひとりにしたのかな？　それで彼女を個人秘書なんかにしたら、怪しい関係だってことが刑務所にいる東郷の耳に入る恐れもあるんで……」

「前社長は女性関係が派手でしたが、本多さんを口説いたりしてないはずです。堅気ではない男の彼女を寝盗《と》ったりしたら、後で大変なことになりますんでね。昔、沼部さんは大物やくざの若い情婦《おんな》に手をつけて、日本刀で片腕を斬り落とされそうになったらしいんですよ。土下座して、多額の詫び料を払ったと言っていました」

「そういう苦い体験をしてるから、アウトローの彼女を抱くことは考えられない？」

「ええ、そう思います。前社長は本多さんに手をつけたと誤解されたくなかったので、わたしを間に入れて彼女から投資ビジネスの最新情報を受け取ってたんでしょう」

「そうだとすると、沼部さんと本多若葉の間に痴情《ちじょう》の縺《もつ》れがあったとは考えられませんよね？」

「ええ、それは考えられません。二人は男女の仲だったわけじゃないはずですから」

倉持が断定口調で言った。

「前社長は現金二百万円と会社の持ち株しか遺《のこ》してなかったんですが、サイドビジネスで儲けた金はオーストリアかスイスの銀行の秘密口座に預けてたんですか？」

「前社長は先物取引とファンドに投資して、ピーク時は五十七、八億のリターンを得てたんですよ。ところが、株の逆張《ぎゃくば》りがうまくいかなくなったんです。その上、仕手集団の株価操作に騙されたようです。さらに追い打ちをかけるようにベンチャー企業やファンドに投資した金が焦《こ》げついて、プール金はゼロになりました」

「そうなんですか」

「前社長はハイリターンの味が忘れられなかったようで、消費者金融から高利で金を借りて財テクの運用資金にするようになりました。サイドビジネスの借金が嵩《かさ》んで利払いもできなくなると、柄《がら》の悪い取り立て屋が会社に連日のように押しかけてきたんです。そして、クレーン車やブルドーザーを持ち去ろうとしたんですよ。あのときは、裏社会の人間に『共進興業』を乗っ取られるかもしれないと不安になりました」

「そうでしょうね」

「でも、沼部さんは金策がないわけではないんだと平然としてました。事実、数カ月後には取り立て屋は姿を見せなくなったんですよ。前社長は何らかの手段でまとまった金を工面して、借金をきれいにしたんでしょう」

真崎は質問した。

「沼部さんは、そのころからサイドビジネスにふたたび熱くなったんですか?」

「いいえ。先物取引や投資ビジネスで大火傷《おおやけど》したので、さすがに懲《こ》りたんでしょう。本業に専念するようになりました。といっても、解体作業員たちを正社員にしてますので、人件費がかかるんです。諸経費を差し引くと、大きな黒字は出せないんですよ。そんなことで、会社の内部留保は多くありませんでしたし、前社長の資産も驚くほど少なかったんです」

「そうなんですか。沼部さんは全遺産を愛人関係にあった羽鳥七海さんに遺贈するという書面の遺言状を公正証書にしてますよね？」

「わたし、そのことは知らなかったんですよ。吉武弁護士にそれを見せられて、はじめて沼部さんの遺言状の存在がわかったんです」

「故人は離婚したわけだが、ひとり息子の尾形剛さんは遺留分を得られるはずなのに、なぜか相続権を放棄してたようです。そのへんの事情はわかりますか？」

「沼部さんは息子さんには自己破産したときに辛い思いをさせたので、預金と会社の持ち株を相続させる気でいたようです。しかし、息子さんは自立心が旺盛《おうせい》なんでしょうね。きっぱりと相続権を放棄したと聞いています。大企業の筆頭株主なら、所有株を売れば何十億、何百億円になるでしょう。しかし、ちっぽけな家屋解体請負会社の筆頭株主が持ち株をすべて手渡しても、せいぜい数千万円にしかなりません」

「そうでしょうね」

「だから、沼部さんの息子は相続権を放棄したんでしょう」

「欲がないんだな。若い勤め人にとっては、数千万円でも大金なのに。サラリーマンの平均退職金に近い金が懐に入るなら、素直に貰っときそうだがな。何か親子に確執《かくしつ》があったんだろうか」

「そういうことは考えられません。前社長は年に一回ぐらい、息子さんと飯を喰ってると言ってましたから。別れた奥さんとは離婚後、まったく会ってないようでしたがね。それでも、病弱な元妻の健康のことは気にかけてましたよ」

「そうですか。ただ、あなたの話を鵜呑《うの》みにしてもいいんだろうか。被害者は裏表のある人間だと複数の者が言ってますのでね。自分が好きな相手やメリットのある人物には、器《うつわ》がでっかいと見せかけてたのかもしれないな」

「沼部さんは女にだらしない面がありましたし、金銭欲も強かった。そのことは否定しません。ですけど、人間的な温かみもある方でしたよ。特に子供のころに恵まれなかった者に対しては心優しかったですね。逆に豊かな家庭で成長した人たちには少し冷淡でしたが、それは羨望《せんぼう》の裏返しだったんでしょう。わたし自身も、坊ちゃん育ちの奴らの甘ったれた考えには、むかっ腹を立てたりしますのでね」

「そうですか」

「苦労を知らない良家の子女なんかには何か反発を感じてしまうんです。僻《ひが》みや妬《ねた》みなのかもしれませんが、仕方ないですよね」

「なんだか自己弁護っぽいな。貧乏な家庭で育っても、まっすぐに生きてる人間はたくさんいます。心が捩《ねじ》曲がるのは生き方が卑《いや》しくなってしまったからなんじゃないのかな」

「そうなんですかね」

倉持は鼻白《はなじろ》んだ表情だった。

二人の間に重苦しい静寂が落ちた。先に沈黙を破ったのは真崎だった。

「曲解《きょっかい》されたくないんで、言っておきます。別に倉持さんに当て擦《こす》りを言ったわけじゃないんですよ。あくまでも一般論です」

「わかってますよ。そういう話は、もうやめましょう。惨《みじ》めな時代なんか思い出したくもありませんので」

「話題を変えましょう。あなたは前社長の持ち株が羽鳥さんに渡ってから、すぐに相続した株をそっくり譲渡してほしいと願い出たんですか？」

「そうです。羽鳥さんは『共進興業』の経営にはまるで関心がないからと、気持ちよく全株を売ってくれました」

「その代金は二千百二十万円ですね？」

「はい、そうです。羽鳥さんはその代金を誰かに全額、騙し取られたようですね。細かいことは知りませんけど。犯人は、もう捕まったんでしょうか？」

「いいえ、まだです」

「そうなんですか。七海さんは結局、二百万の遺産を相続しただけなんですね。気の毒だな」

「倉持さんは、犯人が捕まらないものと思い込んでるような口ぶりだな。何か根拠でもあるんですか?」

「何も根拠なんかありませんよ。なんとなくそんな気がしただけです」

倉持が大きく手を左右に振った。思いなしか、少しうろたえたように映った。考え過ぎだろうか。

「二千百二十万を騙し取った偽の弁護士は白須茉沙恵と名乗って、伊丹秋生さんの代理人と騙《かた》った」

「そうなんですか」

「まだマスコミには伏せられていますが、警察は弁護士を装った詐欺犯を割り出したんですよ」

「犯人は誰だったんです?」

「あなたには、思い当たる人間がいるんじゃありませんか?」

「妙なことを言わないでください。わたしに心当たりなんかありませんよ」

「『広尾ロワイヤルパレス』の四〇三号室を訪ねて羽鳥七海から二千百二十万円を騙し取ったのは、本多若葉でした」

「悪い冗談はやめてください」

「真面目な話です」

「なんで彼女は、そんな大それたことをしてしまったんだろうか。前社長の個人秘書として、税込みで四十万円近い月収を得てたのに。同居してた東郷という男の貯《たくわ》えがまだ残ってたはずなんだがな。どうして金が必要だったのか。それがわかりません」

倉持が首を傾《かし》げた。

「本多若葉は、服役中の東郷勝に見切りをつけたのかもしれないな。それで、別の男と……」

「彼女に交際してた男がいた？　待ってください。本多さんは、東郷という彼と同棲してたんです。相手は服役中の身ですが、堅気じゃありません。浮気なんかしたら、殺されて湖か海の底に沈められてしまうでしょ？」

「そういう恐怖は感じてたかもしれませんね。しかし、彼氏がシャバに出てくるのをじっと待つだけの日々は心細かったんでしょう。心の渇《かわ》きだけではなく、体も淋しかったんじゃないのかな」

「そうなんでしょうか。若葉、いえ、本多さんはそんな女性じゃないと思いますよ」

「若葉の浮気相手は、あなたなんでしょ？」

真崎は一拍置いて、単刀直入に言った。

「刑事さんは冗談がお好きなようだが、とても笑えませんね。どうして浮気相手がわたしだと極《き》めつけるんですっ。若葉、いや、本多さんとはそんな関係じゃない！」

「むきになって否定すると、かえって怪しまれますよ。倉持さん、あなたは幾度《いくど》か若葉と呼び捨てにして、慌てて本多さんと言い直した」

「だからといって……」

「十代か二十代の坊やなら、女友達を平気で呼び捨てにするでしょう。しかし、中高年の男が単なる知り合いの女性の下の名を呼び捨てにすることは通常、ありません。だから、あなたは本多若葉と親密な仲にちがいないと確信を深めたんですよ」

「わたしは若いころから、自分より年下の者はたいがい呼び捨てにしてきました。その癖が出てしまったんでしょう」

「その場合は、男女ともに姓を呼ぶはずですよ」

「うむ」

倉持が腕を組み、天井を仰《あお》ぐ。

「本多若葉と男女の関係だったことは認めますね？」

「わたしは若葉の色香《いろか》に惑《まど》わされて……」

「抱いてしまった？」

「ええ、そうです。妻と特に仲が悪いわけではないんですが、五、六年前からセックスレスだったんですよ。まだ男として枯れてませんから、狂おしく柔肌を求めてしまったんです」

「三十代の女は、小娘じゃない。情事は最高だったんじゃないですか?」

真崎は興味半分に訊いた。

「もう最高でした。若葉は感度良好なんですよ。しかし、一度限りの遊びにするつもりでいました。妻と二人の子供がいますのでね」

「でも、遊びでは終わらせられなかった?」

「そうなんです」

「浮気相手に少し贅沢をさせてやるためには、どこからか金を引っ張ってこなければならない。それで、倉持さんは本多若葉を抱き込んで羽鳥七海から二千百二十万円を騙し取ることにした。偽弁護士を操ってるのは伊丹秋生だと見せかけてね」

「わたしは詐欺事件にはタッチしてない。若葉が誰かと共謀して、沼部さんが世話をした七海の金を奪ったんだろう。その後、共犯者と何かで揉めたので、若葉は殺されることになったんだと思います」

「犯人のフィリピン人は牛込署で取り調べを受けています。ミゲル・サントスという名です」

「そういえば、テレビのニュースでそう報じられてましたね」

「ええ。マスコミにはまだ伏せられていますが、ミゲルは吉武弁護士に頼まれて本多若葉を水中銃《スピアガン》で撃ち殺したと自供してるんですよ」

「殺しのクライアントが吉武弁護士だと供述してるんですか⁉　そんなことは考えられない。多分、犯人は本当の依頼主の名を最後まで吐かないつもりなんでしょう」

「そうなんでしょうね。しかし、いずれクライアントを庇いきれなくなるはずです」

「どうして庇いきれなくなるんです？」

「警察は、ミゲルのプリペイド式携帯電話の通話記録を取り寄せてるんですよ。通話相手を割り出していけば……」

「そこまで警察はやるんですか」

倉持が掠《かす》れ声で呟いた。顔から血の気が引いていた。ミゲル・サントスを雇ったのは、おそらく倉持だろう。沼部を第三者に殺害させた疑いもある。

これだけ際《きわ》どい揺さぶり方をしたわけだから、倉持は何かリアクションを起こすにちがいない。刑事の勘《かん》だが、こういうケースではめったに外れたことがない。

「そう遠くない日に捜査本部事件は解決するでしょう。ご協力、ありがとうございました」

真崎は意味深長な笑みを浮かべて、ソファから立ち上がった。

第五章　哀《かな》しい真相

1

怪しんだ男はどう動くのか。

真崎は、倉持善行の行動をつぶさに観察する気だった。スカイラインは『共進興業』から少し離れた路上に駐《と》めてある。社長室を出てから、ちょうど三十分が経過した。

倉持は、まだ職場にいる。ミゲル・サントスとの接点の裏付けは取れていないが、代理殺人の依頼人は倉持だろう。

本多若葉は、なぜ殺害されることになったのか。情《じょう》を交わした倉持に駆け落ちしようと持ちかけたのだろうか。それとも、倉持に妻との離婚を迫ったのか。あるいは、詐取した二千百二十万円の分け前を巡ってトラブルになったのだろうか。

考えられるのは、それだけではない。若葉は自分を『共進興業』の役員にさせろと要求したのかもしれない。そうしなかったら、倉持に犯されたと東郷に打ち明けると脅迫したのではないだろうか。

そうした作り話を東郷がまともに信じたら、倉持は葬《ほうむ》られかねない。殺害されなかったとしても、『共進興業』は東郷に乗っ取られることになるだろう。

犯行動機はまだ透《す》けてこないが、倉持が若葉の死に深く関わっている疑惑は濃い。

「焦《あせ》った倉持は何かボロを出すだろう」

真崎は独《ひと》りごち、上着の内ポケットから煙草を摑《つか》みだした。

ちょうどそのとき、『共進興業』から三十代前半の男が現われた。連れはいなかった。ずんぐりとした体型で、ニッカーボッカーを穿《は》いている。解体作業員だろう。

真崎は煙草のパッケージを懐に戻し、静かに専用覆面パトカーを降りた。急ぎ足で、解体作業員と思われる男に接近する。

相手が背後の気配を感じ、立ち止まった。『共進興業』から七、八十メートル離れた地点だった。

「警察の者なんだが、ちょっと協力してほしいんだ」

真崎は警察手帳の表紙だけを見せ、姓を教えた。

「職務質問をされるほど不審に見えちゃったのか。けど、おれは危《ヤバ》いことなんかしてないっすよ」

「職質《しょくしつ》じゃないんだ。ある殺人事件の聞き込みなんだよ。きみは『共進興業』で働いてるんだね？」

「そうっす。これでも、一応、現場監督なんだよね。おれ、青木《あおき》っていいます。二月に刺殺された前の社長の事件を調べてるんでしょう？」

「うん、まあ」

「おれたち従業員は全員、代々木署と機動捜査隊の人たちの調べに協力したっすよ。その後、捜査本部の刑事さんも来たな」

「みんなに協力してもらったのに、まだ加害者の特定に至ってないんだよ。だから、振り出しに戻って聞き込みをし直すことになったんだ」

「そうなんすか。知ってることはなんでも話します。前の沼部社長はケチだったけど、おれたち社員を割に大事にしてくれたんすよ。誰かが怪我したり、体調を崩したりすると、社長自ら解体工事現場でクレーン車を操作してくれたんですよね。女狂いでしたけど、いいとこもありましたよ。ちょっと偉そうだったかな」

青木が、短く刈り込んだ頭を掻《か》いた。

「前社長がサイドビジネスで先物取引や投資ビジネスに励《はげ》んでたことは知ってた？」

「具体的なことはわからないっすけど、副業が順調なときは終始、ご機嫌でしたよ。金にシブいのに、煙草銭《たばこせん》だと言って一万円くれたりね。でも、財テクで巨額の損失を出したときは機嫌が悪かったな。さんざん八つ当たりされたっすよ、おれたち社員は」

「そう。沼部さんは副業で巨額のマイナスが出ても、消費者金融で軍資金を調達して財テクにいそしんでたようだね」

「そうなんだと思うっす。取り立て屋《キリトリ》の連中が追いかけてきて、厭《いや》がらせをしてたな。でも、そのうちにそいつらも姿を見せなくなりました」

「投資ビジネスで、またハイリターンを得られるようになったんだろうか」

「そうかもしれないっすね。でも、もしかしたら、解体工事現場でお宝が見つかったのかもしれないな」

「お宝？」

「そうっす。たまに解体した家の床下《ゆかした》に隠し金や小判が埋まってることがあるんだよね。そういう物を見つけた場合、必ず担当の現場監督が警察に届けることになってるんすよ。現場監督はおれを含めて七人いるんだけど、中にはギャンブルやキャバ嬢にハマってるのもいるっすから、お宝を沼部社長とこっそり山分けしてたのかもね」

「思い当たる現場監督の名前を教えてくれないか」

真崎は頼んだ。

「別に証拠があるわけじゃないから、同僚を売るようなことはできないっすね」

「そうだろうな。沼部さんは女好きで金の亡者《もうじゃ》だったらしいから、おっかない男たちが会社に乗り込んできたこともあるんじゃないのか？」

「ええ、あったすね。それから、副業で大きな損失を出して落ち込んでたころ、三十歳ぐらいの男が沼部前社長を会社の前に呼びだして、自分の健康保険証を悪用したことを強い口調で責めてたな」

「その男の特徴は？」

「割に背丈《タッパ》はあったけど、ひ弱そうでしたっすね。黒縁の眼鏡をかけてたな。前社長はきちんと事情を説明するから、ひとまず引き揚《あ》げてくれと必死になだめてた。三十歳前後の男は何か言い返して、走り去りました」

「その後、その眼鏡をかけた男を見かけたことは？」

「ないっすね」

「そう。殺害された前社長は何かもっともらしい口実で他人の健康保険証を借り受けて、それで何社かの消費者金融で借金し、それを副業の軍資金に充《あ》ててたんじゃないだろうか。しかし、その程度の金じゃ先物取引をやったり、ファンドに投資したりすることはできないと思う」

「そうでしょうね。現場監督の誰かが仕事先でお宝を見つけて前社長に渡して、少し分け前にありついてたのかもしれないな。病死した製菓会社の創業者が自宅の離れの床下に三億以上の札束と金の延べ棒を隠してたことがあったんすよ。もちろん、担当の現場監督は独断ですぐに警察に電話したっすけどね。大口の脱税をしてる金持ちは、現金、貴金属、美術品なんかを見つけにくい場所によく隠してる。エロい物が見つかることもありますよ」

「そうだろうな。話は違うが、新社長の倉持さんは前社長に弟のようにかわいがられてたみたいだが、二人が何かで対立したことは一度もなかった？」

「二人は、実の兄弟みたいに仲がよかったっすよ。前社長は倉持さんを右腕と思ってたようだし、新社長も全力で支えてる感じだったな」

「そう」

「おれ、人と会う約束があるんすよ。もういいっすか？」

青木が言いづらそうに言った。

真崎はうなずき、礼を述《の》べた。青木が足早に遠ざかっていった。真崎は踵《きびす》を返した。スカイラインに引き返し、車内でセブンスターに火を点ける。

真崎は煙草を吹かしながら、青木と交わした会話を頭の中で反芻《はんすう》した。家屋解体工事現場で天井裏や床下に隠されているのは現金、貴金属、古美術品の類《たぐい》だけではなさそうだ。暴力団関係者なら、銃刀類を自宅や知人宅などに隠してあるにちがいない。独《ひと》り暮らしをしていたら、死後は縁者が家屋の解体を請負会社に依頼するだろう。解体作業員の誰かが銃器や日本刀を発見する。

企業恐喝屋やブラックジャーナリストが独居していて亡くなった場合も、強請《ゆすり》の材料は解体作業員たちが最初に見つけるケースが多いのではないか。

刺殺された沼部は家屋解体工事を請け負った際《さい》、思いがけなく恐喝材料を手に入れたのではないか。現場監督がその〝お宝〟のことをこっそり沼部に報告したのかもしれない。

沼部は少し多めの小遣いを現場監督に渡し、手に入れた強請材料を使って副業の運用資金を工面《くめん》した可能性もありそうだ。

その汚れた金で損失を挽回《ばんかい》する気でいたのだろうが、結局、沼部は補塡《ほてん》することはできなかった。そんなことで、現金二百万円と会社の所有株しか愛人の七海に遺《のこ》せなかったのだろう。

これまでの捜査では、事件被害者の隠し金は見つかっていない。沼部に多額の隠し金があったなら、新社長の倉持がミゲル・サントスに前社長の命を奪わせる動機はあると言えるだろう。

しかし、沼部にたいした遺産がないとわかっていて、前社長を誰かに始末させるとは考えにくい。倉持は本多若葉を巡って沼部と恋の鞘当《さやあ》てをしていたわけではなかった。よくよく考えると、新社長が沼部を第三者に片づけさせる動機はない。

倉持が沼部と若葉の二人をミゲル・サントスに葬らせたと推測することには無理があるだろう。新社長は若葉と何かで揉め、不法滞在のフィリピン人に殺させただけだと考えるべきか。

ならば、捜査本部事件の加害者はいったい誰だったのか。疑わしい人物は幾人もいた。隠れ捜査を重ねてきたが、まだ真相は解明できていない。

これほど空回りさせられた経験はなかった。沼部をサバイバルナイフで刺し殺した犯人は、殺人計画を練りに練ったのだろうか。そうではなさそうだ。振り返ってみても、加害者が捜査当局の目を故意に逸《そ》らした気配はうかがえなかった。

少なくとも、ミスリード工作をしたとは感じられなかった。自分の状況判断が甘く、迂《う》回《かい》捜査を重ねてしまったのかもしれない。

真崎は自分の未熟さを痛感させられた。いっぱしの殺人犯捜査係のつもりでいたが、筋の読み方にミスがあったことを認めざるを得ない。

「おい、しっかりしろよ」

真崎は自分自身を叱《しか》って、掌《てのひら》で額を叩《たた》いた。

その十数秒後、峰岸参事官から電話がかかってきた。

「ミゲル・サントスが供述内容を変えはじめたよ。別働隊の片桐隊長が機捜にそれとなく探りを入れてたんだが、本多若葉殺しの依頼人は吉武弁護士ではないと言いだしたらしいんだ。しかし、本当の雇い主の名までは吐こうとしないという話だったね」

「そうですか。まだ確証を摑んでないんで意図的に報告をしませんでしたが、ミゲル・サントスに殺しを依頼したのは『共進興業』の新社長だと思われます」

「倉持善行が依頼人だったって⁉」

「ほぼ間違いはないでしょう。倉持は本多若葉と親しい間柄だったんですよ」

「まさか服役中の東郷勝のことを知らなかったわけはないのに、厄介《やっかい》な相手と男女の関係になったもんだね」

「これは想像ですが、若葉は男の肌が恋しかったんでしょう。そんな美女に甘く誘われたら、よっぽどの堅物でない限り……」

「据《す》え膳《ぜん》を喰ってしまうだろうね。仮に奥さんを大事にしてる男でも、夫婦の営《いとな》みには新鮮さがなくなってるだろうからな」

「そうでしょうね。倉持も一度だけの遊びのつもりだったと言ってました。ですが、熟《う》れた三十女の味が忘れられなくなってしまったようです」

真崎は言った。

「それで、二人の関係はずるずるとつづいてたのか」

「ええ、倉持はそう言っていました。新社長は若葉を女弁護士に化けさせて、七海の株の売却金を騙し取らせたんでしょう」

「金の配分のことで、二人は揉めたんだろうか」

「そうなのかもしれませんし、別の理由で若葉をミゲルに始末させる気になったとも考えられなくはないですね。犯行動機はなんであれ、倉持がミゲルに若葉を殺《や》らせたんでしょう」

「倉持は、沼部とも何かで敵対するようになったんじゃないのかな。それで、先にミゲル・サントスに沼部努を片づけさせたんではないだろうか」

「こっちもそう筋を読んでたんですが、どうやら倉持は捜査本部事件ではシロのようなんですよ」

「えっ、そうなのか。殺人の動機が見当たらなかったんだね？」

峰岸が確かめた。

「そうなんですよ。いま、倉持の会社の近くで張り込み中なんですが、その前にかなり大胆に揺さぶりをかけたんです」

「相手を揺さぶって、そのリアクションをうかがう気になったんだな？」

「その通りです。何か倉持はボロを出すかもしれませんのでね。沼部殺しには絡《から》んでなくても、なぜ前社長が命を奪われることになったか察しはついてると睨《にら》んだんです」

「だから、しばらく倉持に張りついてみることにしたのか」

「ええ、そうです。何かわかったら、一報します」

真崎は電話を切って、ポリスモードを所定のポケットに突っ込んだ。

それから間もなく、『共進興業』の敷地から黒塗りのクラウンが滑《すべ》り出てきた。ステアリングを握っているのは倉持だった。同乗者はいなかった。

マイカーで帰宅するのか。倉持の自宅は板橋《いたばし》区内にある。真崎はクラウンが遠ざかってから、スカイラインを走らせはじめた。

クラウンは自宅とは逆方向に走っている。倉持は逮捕される前に逃走する気になったのか。そうなのかもしれない。

クラウンは中原《なかはら》街道を旗《はた》の台《だい》方面に進み、さらに道なりに走りつづけた。多摩川《たまがわ》に架《か》かる丸子《まるこ》橋を渡り、綱島《つなしま》街道に入る。真崎は慎重に追尾《ついび》しつづけた。

やがて、倉持の車は東急東横《とうよこ》線綱島駅の少し先を右折した。そのまま五キロメートルほど走り、雑木林《ぞうきばやし》の横に急停止した。

尿意を催《もよお》したのか。真崎はスカイラインをクラウンの三十メートルほど後方に停め、手早くライトを消した。

倉持が慌《あわ》ただしくクラウンの運転席から出て、雑木林の際《きわ》に走った。立ち止まって、スラックスの股間に手をやる。やはり、立ち小便をする気になったらしい。

だが、予想は外れた。

倉持が暗い雑木林に走り入った。尾行に気づき、逃げる気になったようだ。

真崎はスカイラインから飛び出し、雑木林に向かって疾駆《しっく》した。クラウンのエンジンは切られていなかった。小用を足すだけだと見せかけたかったのだろう。

真崎は雑木林に足を踏み入れた。

暗さに目が馴染《なじ》むまで奥には進めない。少し経《た》つと、闇の向こうが影絵のように見えてきた。樹木が枝を伸ばし、小枝の葉が幾重《いくえ》にも重なっている。真崎は枝を掻《か》き分けながら、前に進んだ。

暗がりを透《す》かして見るが、どこにも人影は見えない。倉持は太い樹木にへばりついて、じっと息を殺しているのか。

真崎は小型懐中電灯を点《つ》けた。光源を左右に向けたが、何も起こらない。追っ手が接近してきたら、逃亡者は反射的に動くものだ。

それが犯罪者心理だが、灌木《かんぼく》の小枝は鳴らない。下生《したば》えを踏みしだく足音も耳に届かない。倉持は大木に素早く登って、高い位置に張り出した枝の上にでもいるのだろうか。

真崎は、小型懐中電灯の光を頭上に向けた。

左右にも振ってみた。しかし、倉持はどこにもいなかった。

真崎は懐中電灯のスイッチを切り、さらに奥まで歩いた。雑木林の端は崖地になっている。真崎は小枝に摑まりながら、斜面を滑り降りた。あたりを駆け回ってみたが、倉持はどこにもいなかった。

「なんてこった！」

真崎は足許の小石を蹴《け》った。

2

海風が強い。

真崎は、乱れた前髪を搔《か》き上げた。横浜の本牧埠頭《ほんもくふとう》だ。真崎は、岸壁に群れている野次馬の中にいた。

倉持に逃げられた翌日の午後二時過ぎである。

岸壁の端には規制線の黄色いテープが張られ、所轄署の若い制服警官が立っていた。鑑識車や覆面パトカーも縦列《じゅうれつ》に連なっている。テレビクルーが一組だけ見える。

峰岸参事官から倉持善行が本牧埠頭の岸壁から海に身を投げたらしいという情報がもたらされたのは、きょうの正午過ぎだ。そのとき、真崎は板橋区大山《おおやま》にある倉持の自宅近くで張り込み中だった。行方《ゆくえ》をくらました倉持が密《ひそ》かに帰宅するだろうと予想したわけではない。

海外に逃亡する気なら、パスポートが必要になる。倉持がそういった物を妻の澄江《すみえ》に潜伏先に届けさせるかもしれないと考え、張り込んでいたのだ。

だが、倉持の妻は外出する様子はなかった。大学院生の息子と大学生の娘は留守だった。

参事官から伝え聞いた話では、倉持が投身したと思われる岸壁の際には本人の紐靴《ひもぐつ》が脱ぎ揃《そろ》えられてあったという。片方の靴の中には手帳が突っ込まれていたらしい。本人の筆跡で『大それたことをしてしまった。死で罪を償《つぐな》う。澄江、後のことを頼む。ごめん!』と走り書きしてあったそうだ。

もう一方の靴の中には、ロレックスの腕時計が入っていたらしい。神奈川県警の調べで、手帳と腕時計は倉持の所持品と判明した。

だが、投身する瞬間を目撃した者はいなかった。遺品と思われる物を発見した起重機《デリック》のオペレーターが一一〇番したのは午前六時二十分ごろだった。それから間もなく、三人のダイバーによって遺体捜索作業が開始された。

倉持の上着は見つかったが、肝心《かんじん》の遺体はまだ収容されていない。峰岸からそう聞いて、真崎は〝偽装自殺〟だと直感した。

岸壁付近の海底には、ヘドロが厚く堆積《たいせき》しているだろう。それでも、海の底に遺体が沈んでいたら、ダイバーのうちの誰かが見つけるはずだ。また、横浜港の潮流が特に速いとは考えにくい。湾外なら、潮の流れで遺体ははるか沖合まで運ばれる。

真崎は倉持の自殺を疑いながらも、現場に足を運ぶ気になった。すぐに相棒の野中に連絡し、張り込みを代わってもらった。こうして本牧埠頭に来たのである。

ダイバーたちが次々にサルベージ船の甲板《デッキ》に上がって、首を振った。いくら待っても、倉持の遺体は見つからないだろう。

　真崎はそう判断して、人垣の中から抜け出た。専用覆面パトカーのスカイラインは七、八十メートル離れた場所に駐めてある。

　数十メートル歩くと、峰岸から電話がかかってきた。真崎は歩《ほ》を進めながら、官給された刑事用携帯電話を耳に当てた。

「倉持の遺体は上がったのかな？」

「いいえ、まだ収容されていません。ダイバーたちは、偽装自殺の疑いもあると思いはじめてるんじゃないかな。そんな様子にも見えました」

「そうか。わたしも偽装臭いとは思ってたんだが、そう考えたほうがよさそうだね。倉持が高飛びする気なら、身内、友人、会社の従業員に必要な物を潜伏先に届けてくれと頼みそうだな。倉持の自宅の張り込みは、例の助《すけ》っ人《と》に代わってもらったんだったね？」

「ええ、そうです」

「なら、別働隊のメンバーには倉持が親しくしてた友人宅と勤め先、それから『共進興業』に張りつかせよう」

「お願いします。こっちは倉持の家に引き返します」

「そうしてくれないか」

　通話が終わった。真崎は刑事用携帯電話《ポリスモード》を懐に戻し、スカイラインの運転席に乗り込んだ。

数秒後、私物のスマートフォンが打ち震えた。発信者は野中だった。

「倉持の死体《ロク》は上がったんですか？」

「いや、まだだ。偽装自殺と見てもいいだろう。これから、急いでそっちに戻るよ。倉持の女房は相変わらず家の中から出てくる様子はないんだな？」

「ないね。少し前に庭に忍び込んで、ＧＰＳ端末をタントの車台《シャーシ》の下にセットしておいた。多分、タントはかみさん用の車なんだと思います」

「だろうな」

「ちっこい車なんで、潜《もぐ》り込むのにちょっと苦労しました——なあんてね。ちょっと腕を伸ばしただけでした。澄江が旦那の潜伏先に向かったって、タントを見失う心配はないでしょう」

「おれがそっちに着く前に倉持の妻がタントで出かけたら、向かってる先を教えてくれないか。野中、頼むぞ」

真崎は電話を切り、スカイラインを走らせはじめた。

数百メートル先で、サイレンを鳴らす。真崎は最短コースで、倉持の自宅をめざした。

目的地に到着したのは午後四時六分前だった。

真崎は、追分組のベンツの後方にスカイラインを停めた。

一分ほど経《た》ってから、野中がベンツを降りた。紙袋を手にしている。真崎は助手席に目をやった。

野中が助手席に腰を沈め、紙袋を膝の上に置いた。

「真崎さん、まだ昼飯を喰ってないでしょ？」

「そういえば、そうだったな」

「弟分にステーキ弁当とペットボトルの茶を持ってこさせたんだ。自分は、もう喰っちゃったんですよ。食べてください」

「悪いな。後《あと》でご馳走になるよ」

真崎は紙袋を受け取って、後部座席に置いた。

「さっき密出国ビジネスをやってる元出入国在留管理庁職員に探りを入れてみたんですけど、倉持が同業の高飛び屋に接触したって情報は入ってないそうです」

「そうか。倉持は投身自殺したと見せかけ、しばらくは国内に隠れてるつもりなんだろう。きっとそうにちがいない」

「多分、そうなんでしょうね。それから、中国か東南アジアに逃げる気なんでしょう。以前はタイやフィリピンに潜伏する犯罪者が多かったんだけど、ここ数年は中国大陸に逃げる手配犯が激増してます」

「そうだな。中国共産党や軍幹部は賄賂《わいろ》に弱いのが多いようだから、鼻薬をたっぷりきかせりゃ、安全な隠れ家《が》も提供してくれるんじゃないか」

「そうなんだろうな。ただ、袖《そで》の下を使わなかった日本人犯罪者には非情みたいですね。麻薬の運び屋だった日本人を死刑にしてる。拝金主義者が多い国だから、リッチな犯罪者には天国なんでしょう」

「そうなのかもしれないな。しかし、倉持は中国には逃げないと思うよ。それほど多く銭は持ってないだろうし、家族と永久に会えなくなってもいいとは考えてないだろう」

「でも、倉持は本多若葉をフィリピン人に殺《や》らせちゃった。逮捕《パク》られたら、最低七、八年は服役させられますよ。国外逃亡する気になるんじゃないかな？」

「おれは海外逃亡はしないんじゃないかって気がしてる。それより、元出入国在留管理庁職員はなんで密出国斡旋《あっせん》屋まで堕《お》ちたんだ？」

「そいつ、本気で惚《ほ》れちゃったコロンビア人街娼をオーバーステイと知りながら、検挙《アゲ》なかったんですよ。それだけではなく、その女を自宅マンションに匿《かくま》ってたんです」

「で、懲戒免職になったわけか？」

「そうです」

「おまえと同じようなことをして、表街道を歩けなくなったんだな？」

「そうなんですよね。女に本気で惚れちゃうと、分別とか冷静さを失っちゃうからな。けど、おれは後悔してません。服役させられるようなことになってたら、少しは失敗したと思うかもしれないけどね」

「元出入国在留管理庁職員も刑罰は科せられなかったんだな？」

「そうです。どの役所も、身内の不正はたいがい握り潰《つぶ》してるからね。おかげで、おれは前科者にならなかったんですけど、裏社会ではちょっと肩身が狭いですね」

「そうだろうな」

「もう少し経ったら、車のポジションを替えたほうがよさそうですね。真崎さんが弁当を喰い終わったころを見計らって、ベンツをこの車の後ろに回しますよ」

野中が言って、助手席から離れた。蟹股《がにまた》でベンツに歩み寄り、車内に乗り込んだ。

真崎は後部座席の紙袋を摑み上げ、差し入れのステーキ弁当を食べはじめた。黒毛和牛《ぎゅう》のステーキはうまかった。ペットボトルの茶を喉《のど》に流し込んだとき、前方のベンツが動きだした。

ベンツは倉持宅を回り込み、スカイラインの数十メートル後ろの道端《みちばた》に寄った。真崎は車を少し前に進め、斜め前の倉持宅に視線を注いだ。

時間が虚《むな》しく過ぎる。

家の中から倉持澄江が現われたのは七時数分前だった。大型のキャリーケースを押している。茶系だった。中身は夫の着替えやカード類なのではないか。

五十一歳の倉持夫人は暗い顔をしていた。夫から人を殺したと聞かされ、打ち沈んでいるのだろうか。

そうだとすれば、澄江は夫に自首することを勧《すす》めたのだろう。だが、倉持はまだ自分は殺人教唆《きょうさ》容疑で逮捕されたわけではないので、犯罪者のレッテルを貼られてはいないと主張したのではないか。

それは都合のよすぎる解釈なのだが、平凡な主婦はそれで我が子が白い目で見られることはないと早合点したのだろう。そして、夫の逃亡と潜伏に協力する気になったのではないか。

澄江が大型キャリーケースをカーポートまで滑らせ、タントの中に収めた。すぐに運転席に入り、リモート・コントロールで車庫のオートシャッターを開ける。

真崎はスカイラインのハザードランプを短く明滅させた。尾行開始の合図だ。真崎たちがリレー尾行するときに使うサインである。相棒がパッシングした。

明るい色のタントが車庫から出てきた。車体の色は五十年配の女性には似つかわしくない。娘と共用している車なのではないか。

真崎はタントの尾灯《テールランプ》が点のように小さくなってから、専用覆面パトカーを発進させた。少し間を置き、野中のベンツも走りだした。

タントは谷原《やはら》方面に進み、関越《かんえつ》自動車道の下《くだ》り線に入った。真崎たちも、車をハイウェイに乗り入れた。

いつものように前後になりながら、倉持の妻の車を追跡する。タントは高速で走り、沼《ぬま》田《た》ICで一般道路に下りた。六四号を利《と》根《ね》郡《ぐん》川《かわ》場《ば》村《むら》方面に向かい、右手にある赤《あか》倉《くら》林道に折れた。

倉持は、近くの貸別荘に身を潜《ひそ》めているのか。あるいは、知り合いのセカンドハウスに潜伏しているのだろうか。

どちらにしても、澄江の目的地はそれほど遠くなさそうだ。真崎はそう思いながら、スモールライトに切り替えた。スピードも落とす。後続のベンツを運転する野中が倣《なら》う。

林道の両側は自然林だ。民家は一軒も見当たらない。罠《わな》に嵌《は》まりかけているのか。澄江は夫の指示で、自分たちを人里離れた場所に誘い込むつもりなのだろうか。

そうだとしたら、そこには倉持のほかに荒くれ者が待ち受けているのかもしれない。金で暴力団関係者を雇うことはできる。

だが、そうした連中に倉持は弱みを曝《さら》すことになる。そうなったら、際《さい》限《げん》なく口止め料を毟《むし》られるだろう。

『共進興業』の新社長である倉持は、そこまで愚かではない気がする。罠を仕掛けているとしたら、倉持は会社の解体作業員を幾人か呼びつけたのではないか。若い解体作業員の中には、元非行少年が割にいる。

倉持は、そうした血の気の多い若者に自分を殺させる気でいるのか。考えられないことではないだろう。追いつめられた犯罪者たちは捨て鉢《ばち》になって、勝算のない反撃を試《こころ》みたりする。

しかし、考えすぎかもしれない。倉持の妻が緊張してタントを運転している様子はなかった。

「考えすぎだろうな」

真崎は声に出して呟き、ステアリングを捌《さば》きつづけた。

やがて、タントが古民家風の二階家の庭に入った。敷地は四百坪は優にあるだろう。防風林で囲われているが、塀《へい》も門もなかった。

大きな家屋の階下は照明が灯っている。

澄江が車を停めた。トランクルームから大型キャリーケースを取り出し、玄関に向かった。馴《な》れた足取りだった。夫婦は古民家を手に入れ、別荘として使っているのかもしれない。

真崎は車を林道の端に寄せ、スモールライトを消した。エンジンも切り、そっと車を降りる。ベンツから出た野中が足音を殺しながら、のっそりと近づいてきた。

「倉持の隠れ家のようだな。夫婦だけしかいないみたいですから、真崎さん、すぐに突入しましょうよ。もし倉持が抵抗しても、どうってことはないでしょ？　どっちも丸腰じゃないんだから」

「野中、やたらにマカロフＰｂをぶっ放すなよ。まず建物に忍び寄って、聞き耳を立ててみよう。突入するのは、それからだ。いいな？」

「了解！」

「行くぞ」

真崎は先頭に立った。爪先《つまさき》に重心を掛けて進み、内庭に入る。玄関横の居室から、男女の声がかすかに響いてきた。

真崎たちは、会話が洩れてくる部屋に近寄った。雨戸は閉められていない。障子《しょうじ》で遮《さえぎ》られ、家の中の様子はわからなかった。

真崎は耳をそばだてた。

男は倉持だった。少し苛立《いらだ》った声で何か言っている。真崎は、さらに耳を澄ました。

「お父さん、落ち着いてよ。なんで本多若葉という沼部前社長の個人秘書をミゲル・サントスというフィリピン人に殺させたりしたの？　その質問にちゃんと答えてちょうだい」

「あの女は、わたしを色仕掛けで嵌《は》めて『共進興業』を初めっから乗っ取るつもりだったんだよ」

「お父さんは、その女と体の関係を持ったのね！」

「そんなことはどうでもいいじゃないかっ」

「ううん、よくないわ。三十二、三歳の女に嵌められるなんて情けないと思わない？」

「とにかく、わたしはハニートラップに引っかかったんだ」

「若葉という女を何度抱いたの？　はっきり言いなさいよっ」

「澄江、そんなことを話題にしてる場合じゃないだろうが！　本多若葉は服役中の同棲相手に指示されて、わたしに甘いことを言ってきたんだ。あの女の企《たくら》みを見抜けなかったんで、追いつめられてしまったんだよ。若葉はわたしの弱みをちらつかせて、こっちが借金して沼部さんの愛人が相続した株を買い取ったことを知りながら、只《ただ》ですべての所有株を寄越《よこ》せと言ったんだ。拒《こば》んだら、同棲相手の知り合いの流れ者にわたしを殺させると脅迫したんだよ」

「あなたの弱みって何なの？」

澄江が夫に訊いた。

「株を買うときに友人や知り合いから千三百万ほど借りたことは、お母さんも知ってるよな？」

「ええ」

「わたしは借りた金を早く返済したかったんで、沼部さんの愛人に払った二千百二十万円を若葉に騙し取らせたんだ。その金は二人で山分けしたんだが、若葉はわたしの持ち株をそっくり只《ただ》で譲れと……」

「お父さんは、若葉という女と共謀して詐欺《さぎ》を働いたのね。頭をおかしくしちゃったんじゃないの？　なんてことをしたのよっ」

「わたしは、目をかけてくれた沼部さんが創業した会社を引き継いで大きくしたかったんだよ。それが恩返しだと思ってたんでな」

「お父さんは愚かよ。『共進興業』の経営を引き継ぎたかったんだろうけど、詐欺をした上に若葉という女をミゲル・サントスに殺害させてしまったんだから」

「そうなんだが……」

「まさか前の沼部社長もミゲルという奴に殺させたんじゃないでしょうね？」

「何を言ってるんだっ。前社長は、わたしを実の弟のようにかわいがってくれてたんだぞ。そんな恩人の命を奪うわけないじゃないかっ」

「それじゃ、誰が沼部さんを刺し殺したの？」

「前社長はサイドビジネスの失敗で投資の運用金を消費者金融から借りるようになったころ、誰かを強請《ゆす》ってたみたいなんだ。おそらく口止め料をせびられつづけてた相手が逆襲に出たんだろうな。それが、どこの誰かはわからないが……」

「そうなの。お父さん、自首して！　もう逃げきれっこないわ」

「澄江は、わたしを見捨てるのか⁉　ここに一年ぐらい潜伏したら、別の場所に移るよ。古民家を二年前に購入しといてよかった。澄江には食料や日用雑貨品をちょくちょく届けてもらわなきゃいけないから、大変になるだろうがな。でも、わたしはうまく隠れつづけるよ。幸い一キロ圏内には民家は一軒もないから、見つかりっこないさ」

「お父さん、もう無理よ。どこに逃げたって、そのうち捕まるに決まってるわ」

「澄江は犯罪者の妻になってもいいのか？　子供たちは前科者の父親を持ったら、白眼視《はくがんし》されるようになるんだぞ」

「逃亡しつづけたら、もっと罪が重くなるでしょうが！　肚《はら》を括《くく》って、潔《いさぎよ》く罪を認めたほうがいいわ。そして、ちゃんと罪を償《つぐな》ってよ。子供たちも、わたしと同じ気持ちになると思うわ」

「しかし……」

「わたしが付き添うから、お父さん、すぐ出頭して。真人間にならなきゃ、生き直せないのよ」

「少し考えさせてくれないか」

夫婦の会話が途絶えた。

真崎は野中に目配《めくば》せして、歴史のありそうな日本家屋の玄関に足を向けた。

3

倉持はうなだれたままだ。

ようやく犯した罪の大きさに気づいて、自分の愚かさを罵《ののし》っているのか。それとも、逃亡できなかったことを悔しがっているのだろうか。どちらかだと思われる。

別働隊のアジトの中にある取調室だ。真崎はスチールのデスクを挟んで、『共進興業』の新社長と向きあっていた。正午過ぎだった。

昨夜、彼は倉持を緊急逮捕した。倉持は観念したようで、無抵抗だった。夫の逃亡を手助けした澄江は泣き崩れた。

真崎は別働隊に協力を要請した。片桐隊長の部下たち三人が倉持夫婦の身柄を引き取る前に当然、野中を先に東京に帰らせた。

「きのう、群馬《ぐんま》のセカンドハウスで取り調べをしたが、少し確認したいことがあるんだ。顔を上げてくれないか」

「は、はい」

倉持が言われた通りにした。瞼《まぶた》が腫《は》れぼったい。簡易留置場では、よく眠れなかったのだろう。

「寝不足みたいだな」

「ええ。あのう、妻は？」

「逃亡幇助《ほうじょ》罪を全面的に認めたので、奥さんは日付が変わる直前にいったん帰宅させた。裁判所から令状が出たら、逮捕されることになるね」

「妻まで刑務所に入れられるのでしょうか？」

「前科があるわけじゃないし、親族は刑を免《まぬが》れることもあるから、不起訴か書類送検で済むと思うよ」

「よかった。会社を存続させることで頭が一杯でしたが、別に家族を蔑《ないがし》ろにしてたわけじゃないんですよ。妻まで巻きこんでしまったことを後悔しています。それから、若葉の色仕掛けに引っかかってしまったことも」

「美女に色気で迫られたら、おかしな気持ちになっちゃうだろうな。その点は、同情の余地がある。それにしても、とんでもない悪女に嵌められちゃったね」

真崎は倉持に言いながら、かたわらに立った片桐隊長を見た。

片桐が小さくうなずく。真崎の真後ろでは、片桐の部下が調書を取っていた。

「わたしが間抜けだったんです。若葉の同棲相手は堅気じゃないんだから、情婦《おんな》と組んで会社乗っ取りを企《たくら》むことぐらいは想像できたんでしょうが……」

「本多若葉は東郷と切れて、真っ当な生き方をしたいと言ったんだろうな」

「ええ、そうだったんですよ。わたしはその話を真《ま》に受けて、会社の利益をたくさん出し、出所した東郷に手切れ金というか、詫び料というか……」

「東郷に金を渡して、本多若葉の面倒を見る気でいたわけだ？」

「ええ。ですから、若葉が東郷と結託《けったく》して『共進興業』を乗っ取る計画を立ててたことを知ったときは怒りで全身が震えました」

「若葉を赦《ゆる》せない気持ちが膨らんで、裏サイトでミゲル・サントスのことを知り、代理殺人を依頼した。そういう供述だったね？」

「ええ、そうです。ミゲルとは新宿のサウナで落ち合って、若葉の顔写真と着手金の五十万円を渡したんです。そのとき、若松町の自宅マンションの部屋番号も教えてやりました」

「凶器の水中銃《スピアガン》はミゲルが自分で用意したってことだったね？」

「はい、そうです。わたしは、残りの百五十万もミゲルに払うつもりでいました。ですが、あの男はその場で逮捕されたんで……」

「服役中の東郷が誰かに前社長の沼部努を殺害させたと疑えなくもないが、それについてはどう思ってる？」

「それはないでしょう。前社長はさんざん女遊びをしてきましたので、若葉の色仕掛けには引っかからなかったと思います。東郷と若葉は、そのことは予想できたでしょうからね」

「なるほどな」

「ちょっといいですか？」

片桐が真崎に断ってから、倉持に話しかけた。

「くどいようだが、おたくは前社長の事件に関与してないんだな。若葉をミゲル・サントスに片づけさせる前に……」

「何度も言いますが、わたしは沼部さんの事件には一切《いっさい》関わっていません。ミゲルが、前社長の事件にわたしが絡んでるとでも言ったんですか？」

「いや。ミゲルはおたくを庇《かば》い通してるよ。逮捕された当初は、殺人の依頼人は吉武雅之だと言い通してた。その後、雇い主は別人だと自供を翻《ひるがえ》したが、おたくの名前はいまも口にしてない」

「そうですか。ミゲルは辛《つら》かったでしょうね。わたしが口を割ったことをあの男に早く言ってあげてください。お願いします」

倉持が頭を下げた。片桐が黙ってうなずく。

「前社長は投資ビジネスで損失を出して運用資金が足りなくなったとき、消費者金融数社から金を借りてたんだよな？」

真崎は倉持に問いかけた。

「ええ」

「そのころ、三十歳前後の黒縁の眼鏡をかけた男が会社の前に沼部前社長を呼び出して、自分の健康保険証を悪用したことを詰《なじ》ってたと証言した解体作業員がいるんだよ。その証言者の名前を教えるわけにはいかないが……」

「そんなことがあったんですか。わたしは知りませんでした」

「そう。多分、沼部努は借りた健康保険証を見せて、消費者金融から副業の運用資金を借りたんだろう。健康保険証を親しくもない相手に預ける人間なんていない」

「そうでしょうね」

　倉持が同調した。

「前社長に健康保険証を預けたのは血縁者だろうな」

「ええ、多分」

「会社に前社長の息子の尾形剛が訪ねてきたことはなかった？」

「わたしの知る限りは一度もありません。前社長は金銭欲が強かったですが、まさか実子の健康保険証を使って消費者金融で借金はしないでしょ？」

「と思うが、人間は心理的に追いつめられると、常識では考えられない行動を取ったりする」

「そうですが……」

「穿《うが》った見方だったか」

「そう思います」

「沼部前社長は恐喝めいたことをして、サイドビジネスの運用金を調達してた様子だったと奥さんに話してたね？」

「え、ええ」

「思い当たるようなことがあったら、教えてほしいんだ」

「参考になるかどうかわかりませんけど、沼部さんは消費者金融からの借金を一括返済する数カ月前、急に金回りがよくなったんですよ。そのことを言ったら、宝くじの一等を射止めたんだと冗談でごまかしましたが、少し狼狽《ろうばい》したんです。それで、何らかの形で誰かの弱みを握って脅迫したんじゃないかと推測したわけですよ」

「そのころ、家屋の解体を請け負った客の中に胡散《うさん》臭げな人物はいなかったかな？」

「ひとりいますね。経営コンサルタントと称してた財前恭太郎《ざいぜんきょうたろう》が六十四歳で病死したんですが、独身だったんですよ。変わり者だったようで、親類とは没交渉だったんでしょう。それで、遺言状通りに自宅の土地は杉並《すぎなみ》区に寄贈されることになりました」

「杉並区から家屋の解体を依頼されたんだ？」

「ええ、そうです。上物《うわもの》は築四十数年経《た》ってたのですが、土地が二百八十数坪もあったんですよ」

「担当の現場監督の名は？」

「その解体工事は、前社長自身が現場責任者になったんです。ひょっとしたら、沼部さんは……」

「財前宅に何かお宝があるんじゃないかと期待して、社長自ら解体工事現場に足繁《しげ》く通っていたのだろうか」

　真崎は呟いた。

「さすがですね。故人の名誉を傷つけることになりますが、そうだったんだと思います。沼部さんは財テクで巨額の富を得て、若い時分に働いてた大手スーパーの経営権を握りたいと本気で言ってましたのでね。汚い手を使ってでも、投資ビジネスの運用資金を得たかったんでしょう」

「財前宅は杉並のどのあたりにあったのかな？」

「天沼《あまぬま》二丁目です。いまは公園になってますよ。財前恭太郎の素顔は、企業恐喝屋だったのかもしれません。あっ、そうか！　前社長は財前宅の解体工事現場で強請の材料を見つけて、それを密《ひそ》かに持ち帰り……」

「多分、そうだったんでしょう。財前恭太郎が脅迫してた法人か個人から多額の口止め料を脅し取って、その金を投資ビジネスに回してたと考えられるね。結局、悪銭《あくせん》は身につかなかったんだろうが」

「沼部努を永久に眠らせた疑いはあるな」

「刑事さん、財前恭太郎と沼部さんに二重に強請《ゆす》られた企業か個人が殺し屋を雇って……」

「ちょっと調べていただけませんか。わたしが恩義のある前社長を誰かに片づけさせたといつまでも疑われるのは心外ですし、悲しいことですので」

「わかった」

「お願いします」

倉持が頭《こうべ》を垂れた。真崎は椅子から腰を上げ、取調室を出た。

片桐隊長が真崎を追ってきた。二人は取調室から七、八メートル離れた通路で向かい合った。

「真崎さん、倉持は捜査本部事件ではシロでしょう」

「そう判断してもいいと思います」

「峰岸参事官の許可を得て、機捜経由で倉持善行の身柄《ガラ》を牛込署に引き渡すことにしますね」

「そうしてください。ミゲル・サントスも雇い主を庇いつづけることに疲れはじめてるんじゃないかな。倉持が捕まったと知ったら、気持ちが楽になるでしょう」

「そうでしょうね。倉持澄江も時間の問題で逮捕されるでしょうから、若葉殺しの事件《ヤマ》には片がつきました。ただ、肝心の沼部の事件が落着してませんが」

「そうですね。片桐さん、財前恭太郎に関する情報を集めていただけますか。犯歴がなかったとしても、恐喝事件の捜査対象者になったことはありそうですから」

「早速《さっそく》、動きます。沼部は財前宅の解体工事現場で自称経営コンサルタントが天井裏か床下に隠してあった犯罪かスキャンダルの証拠を見つけて、弱みのある会社や資産家を強請ってたのかもしれませんね」

「狡賢《ずるがしこ》く立ち回って甘い汁を吸ってる政治家、官僚、財界人、裏社会の顔役たちは少なくないから、たかれそうな人間には困らなさそうだな」

「でしょうね。権力や財力を握った連中は検察や警察に圧力をかけ、本人はもちろん身内の犯罪も揉み消してます」

「女性関係のスキャンダルも多い。愛人がいたくらいじゃ、たいした弱みになりません。しかし、少女を金で買ったり、スカートの中を盗撮するような悪い癖《くせ》があったら、むしろ大きな醜聞《スキャンダル》になるでしょ？」

「そうですね。そういう破廉恥《はれんち》なことをやった成功者は弱みを握られたら、脅迫者に多額の口止め料を出すでしょう」

「だと思います。それから殺人の犯行現場を目撃されたり、轢《ひ》き逃げの場面を動画撮影された者などは数千万円の口止め料を要求されそうだな」

「そうですね。沼部努が財前恭太郎が持っていた恐喝材料を手に入れて、どの程度の口止め料をせしめてたかはわかりませんが、経営コンサルタントと称してた怪しげな男に強請られてた会社や個人を割り出すことはできると思いますよ」

「恐喝の被害者の割り出しを別働隊だけに任せるのは気が引けますんで、こっちも自分のネットワークを使って……」

「そうですか。そうしていただいたほうが早く恐喝の被害者を割り出せそうですね。その被害者の中に沼部を殺した犯人がいるような気がしてきました」

「そうなんですかね」

「といっても、沼部に強請られた当人が実行犯ではないんでしょう。第三者にナイフで沼部務を始末させたんだと思います」

「そうなのかもしれません」

「とりあえず倉持を牛込署に移送することにします」

「よろしくお願いします」

真崎は片桐に背を向け、別働隊の秘密アジトを出た。地下三階に上がり、スカイラインに乗り込む。

真崎はエンジンをかける前に私物のスマートフォンを使って、相棒の野中に電話をかけた。コールサインが返ってくるだけで、電話はメッセージセンターにも繋《つな》がらない。

真崎は電話を切りかけた。

そのとき、通話可能状態になった。野中の息は弾《はず》んでいた。

「女を部屋に引っ張り込んで、ベッド体操に励《はげ》んでたようだな？」

「残念でした。片手腕立て伏せをしてたんですよ。予定回数に近づいてたんで、電話を後回しにしちゃったんです。すみませんでした」

「いいさ、気にするな。昨夜《ゆうべ》は、お疲れさん！　倉持は別働隊のメンバーに野中のことはまったく言わなかったよ」

「それは助かった。で、倉持は別働隊の取り調べにも沼部の事件《ヤマ》には絡《から》んでないと言いつづけたんですか？」

「ああ、そうなんだ。でも、倉持から新たな手がかりを得ることができた」

真崎は、沼部がサイドビジネスの運用資金を恐喝で得ていた時期があることを教えた。

「財前恭太郎とは一面識もありませんでしたが、その名前は組員仲間から噂は聞いてました。資産家の跡取り息子だったらしいんですけど、名門大学を出て間もなくブラジルに渡って、日系人と大きな農園を経営してたみたいですよ」

「そうなのか」

「だけど、共同経営者と何かで対立したとかで、日系ブラジル人向けの邦字新聞を発行しはじめたらしいんです。でも、すでにライバル紙があったんで、部数が伸びなかったようです」

「邦字新聞社は結局、うまくいかなかったんだ？」

「ええ、そういう話でしたね。だけど、ビリヤードとポーカーが天才的にうまかったんで、その両方で喰うようになったみたいだな。ダンディーなんで、ラテン女たちにはモテモテだったみたいですよ。でも、誰とも結婚しなかったし、同棲もしなかったそうです。

若い時分に人間不信に陥《おちい》るような出来事があったのか」

「そうなのかもしれないな。変わり者だったらしいということは、倉持から聞いたよ。財前はいつ日本に戻ってきたんだ？」

真崎は訊いた。

「ちょうど二十年前だったらしいですよ。そのころは両親も亡くなってたんで、相続した杉並の実家に独り住まいをするようになったらしいんです。経営コンサルタントと称して、せっせと大企業と名士《セレブ》たちを強請って優雅に暮らしてたようですよ。財前は大企業の内部告発者、総会屋、ブラックジャーナリストなんかから恐喝材料を手に入れて、弱みのある成功者たちを穏やかに脅迫するそうです。相手が闇社会の者に加勢してもらっても、まったくビビらなかったみたいですよ。短機関銃《サブマシンガン》を連射されても平然としてたというから、並の武闘派やくざも及び腰になるような伝説の強請屋だったんでしょう」

「そうなんだろうな」

「要領よく世間を泳いで権力や富を得た奴らから億単位の口止め料をせしめても、銭にはあまり執着しなかったらしい。下働きをしてくれた連中に気前よく分け前を与えてたようです。義賊っぽいとこがあるんで、取り巻きが多くなったみたいですよ。それでも、財前はどいつとも距離を置いてたという話だから、何かあって人間嫌いになったんでしょう」

「孤高の悪党《ワル》か。一度会ってみたかったな」

「おれも、そう思いました」

「野中、裏のネットワークを使って財前と沼部の両方に強請られてた名士がいるか調べてくれないか」

「わかりました。早速《さっそく》、情報集めに取りかかりましょう」

野中が電話を切った。

真崎はスマートフォンを懐に戻すと、ドアポケットから捜査資料のファイルを引き抜いた。沼部の息子である尾形剛の勤務先の所在地を確認する気になったのだ。

『フロンティア』は、港区南青山《みなとみなみあおやま》三丁目のオフィスビルの九階にあった。真崎は車を発進させ、本庁舎を出た。まだラッシュアワーではなかった。

幹線道路は、どこも渋滞していない。むしろ、普段よりも空《す》いているのではないか。

二十分そこそこで、目的のオフィスビルに着いた。真崎はスカイラインを路上に駐《と》め、オフィスビルに入った。エレベーターで九階に上がる。

真崎は『フロンティア』を訪ね、応対に現われた男性社員に尾形との面会を求めた。素姓も明かした。

「きょうは尾形、欠勤してるんですよ」

「体調を崩したのかな？」

「いいえ、本人は元気なんですよ。お母さんが末期の癌《がん》で一昨日《おととい》、入院したようです」

石井《いしい》という名札を胸ポケットに留《と》めた三十代半《なか》ばの男の声には、同情が込められていた。

「そんなに病気が進んでたんですか。先日、洗足池のご自宅にうかがったとき、お母さんはかなり大儀《たいぎ》そうだったが……」

「もっと早く保険適用外の最新治療を受けてれば、母親の命を救えたのにと尾形は悔しがっていました。四百万だか五百万だかの高額治療費を自力では工面できないんで、血縁者に借金を申し込んだらしいんですよ。ですが、はっきりと断られてしまったそうなんです。病人とは、もう赤の他人なんだと追い返されてしまったんだと下唇を嚙んでました」

「金を借りに行った相手は、お母さんと離婚した元夫なんじゃないのかな。つまり、尾形剛さんの実の父親なんだと思うな。両親が離婚した時には、万が一にも負債を相続することのないように縁を切った。だから、あらためて、借りようとしたんだろう」

「そうなんでしょうか。尾形は、そこまで話してくれませんでした。ただ、お母さんの余命が四、五カ月なんだと涙ぐんでました。痛みがもっとひどくなったら、消費者金融で金を借りてでもホスピス病棟に移してやりたいんだと……」

「入院先はどこなんだろう？」

「そこまでは教えてくれなかったんですよ。四人部屋にお母さんを入れたんで、職場の者が見舞いに来たら、ちょっと困ると思ったんじゃないのかな。尾形は他人を気遣《きづか》うタイプなんですよ。同室者に迷惑かけたくなくて……」

「そうなのかもしれないね。ところで、尾形さんはよく眼鏡をかけてませんか？」

「彼は視力がいいですよ。両眼とも一・二のはずですから、眼鏡はかけてないはずです。職場では、尾形が眼鏡をかけた姿は一度も見たことがありません」

「そうですか。それなら別人だったのかもしれないな」

「尾形が何かの事件に絡んでるんですか？」

「そういうことではないんですよ。どうもお邪魔しました」

真崎は通路に出て、ドアを静かに閉めた。

4

店の前に旧型のベンツが駐めてある。

相棒の野中が乗り回しているドイツ車だ。休業中のショットバー『スラッシュ』の軒灯《けんとう》は当然ながら、点いていない。

店は西麻布にある。オーナーは入院中だった。末期癌らしい。野中はオーナーと親しく、店の鍵を預かっていた。店は情報交換の場だ。

真崎は、スカイラインをベンツの先の路肩に寄せた。

午後七時過ぎだった。土曜日である。

夕方、野中から連絡があった。財前恭太郎と沼部努の両方に強請られていた人物に見当がついたらしい。そんなわけで、二人は『スラッシュ』で落ち合うことになったのだ。

真崎はごく自然に車を降り、あたりに目を配った。はるか遠くに通行人が見えるだけで、近くには誰もいない。

真崎は少し歩き、『スラッシュ』に入った。

野中はカウンターの止まり木にどっかと坐《すわ》り、茶色い葉煙草《シガリロ》を喫《す》っていた。

「約束の時間に少し遅れてしまったな。悪かった」

「どうってことありませんよ」

「だいぶ待ったのか？」

「五、六分ですかね」

「嘘つけ！　灰皿にシガリロの吸殻《すいがら》が三本も入ってるじゃないか」

真崎は言って、野中の隣のスツールに腰かけた。野中が口を開く。

「別働隊のメンバーは、もう該当しそうな奴を割り出したんですか？」

「いや、まだだよ。おれも知り合いの情報屋に当たってみたんだが、財前と沼部の二人に強請られてる人間は突きとめられなかったんだ」

「そうですか。なら、二人に強請られてたのはニュースキャスターの三浦賢《みうらけん》だと思います」

「スポーツアナウンサー上がりの人気キャスターが財前と沼部の両方に強請られてた⁉」

真崎は驚きの声をあげた。

「複数人から得た情報ですんで、間違いないでしょう。五十三歳の人気キャスターは社会悪を抉《えぐ》る硬骨漢というイメージで売ってるけど、とんでもない偽善者だったんです」

「青臭《あおくさ》いリベラリストだと思ってたがな。政治家、財界人、官僚の腐敗ぶりに憤《いきどお》り、弱者を斬り捨てようとしてる社会に問題があると公言してる。なかなか気骨のあるキャスターだと見てたんだが……」

「人間の裏表を知り抜いてる真崎さんも、三浦賢の演技に騙されてたか」

「演技とは言い過ぎだろうが！　三浦賢は右も左も平気でぶった斬ってるし、右傾化する社会を本気で憂《うれ》えてるようだ。反原発派であることも隠そうとしない。ちょっと浅いところもあるが、筋が通ってるとおれは評価してたんだ」

「そこが役者なんですよ。三浦は事前にこの国を裏で動かしてる民自党《みんじ》の元老、財界の超大物、巨大労働者団体の総大将、闇社会の首領《ドン》たちの了解を取ってから、問題提起をしてるそうなんですよ」

「その情報源《ネタモト》は？」

「元国会議員秘書、社会派ジャーナリスト、元検事、実力者たちの愛人、情報屋からのリーク情報です。三浦は国家を私物化してる有力者たちの私邸を密《ひそ》かに訪問して、番組で告発予定のテーマを伝え、出来レースを演じてるって話だったな。その証拠に番組スポンサーの逆鱗《げきりん》に触《ふ》れるようなタブーに斬り込んだことは一度もないでしょ？」

「言われてみれば、そうだな。三浦は自分のニュース番組で過激な発言をしばしばしてるが、国の舵《かじ》取りをしている偉いさんたちを本気で怒らせるようなコメントは巧《たく》みに避けてる」

「はっきり言ってしまえば、計算された〝社会正義〟なんじゃないかな。テレビ局、番組スポンサー、キャスターがグルになってるにちがいない。ごく一部のマスコミ以外、社会のタブーや暗部を取り上げることなんかできないでしょ？」

「それは認めざるを得ないな。マスコミだけじゃなく、検察や警察にも同じことが言えるだろう」

「そうですね」

野中が言って、シガリロの火を灰皿の底で揉み消した。

「財前恭太郎は、人気キャスターが裏で権力者たちと繋《つな》がってることを暴《あば》くと脅迫してたのか。沼部も財前宅の解体工事現場で見つけたお宝を使って、三浦賢から口止め料を強請ってたんだな？」

「そうなのかもしれないし、別の種《ネタ》で三浦は二人に強請られたとも考えられますね」

「人気キャスターの私生活は乱れてたのか？」

真崎は問いかけ、セブンスターをくわえた。

「そうなんですよ。ストレスの多い仕事だから、三浦は銀座《ぎんざ》の高級クラブをよく飲み歩いてるらしいんです。年間出演料が二億数千万だし、妻に担当番組の制作会社、ブティック、フレンチ・レストランを経営させてる。そっちの収入もプラスすれば、三浦の年収は十億以上でしょう」

「酒と女でストレスを発散させてるんだろうな、人気キャスターは」

「そうみたいですよ。三浦賢は気に入ったホステスをちょくちょく持ち帰ってるらしいんだが、３Ｐや４Ｐが好きみたいだね」

「有名人の女遊びを恐喝材料にしても、たいして銭は取れないだろう。三浦賢は何か致命的なことをやっちまった。そうなんじゃないのか」

「真崎さんはいい勘してるな。一年半前に三浦は自分のクルーザーに三人のクラブホステスを乗せて、伊豆大島《おおしま》沖までトローリングしたらしいんですよ。釣果《ちようか》が冴《さ》えなかったんで、三浦は妙なゲームを思いついた」

「どんなゲームだったんだ？」

「三浦はホステスたちの両手を紐《ひも》で緩《ゆる》く縛《しば》って、クルーザーの甲板《デッキ》から次々に海に突き落としたというんですよ。三人とも泳げることを確認して、早く甲板に上がれた順に三百万、二百万、百万の賞金を出すと言ったらしい」

「三人のホステスは賞金が欲しくて、ゲームに参加したわけだ？」

「そうです。二人の女は紐を歯でほどいて、数分後にはデッキに上がれたらしい。しかし、三人目のホステスはうまく紐が解《と》けなくて……」

「溺《おぼ》れ死んでしまったのか？」

「そうなんですよ。三浦はその彼女がふざけてると思って、救命具を投げ込まなかった。操船してたクルーが慌《あわ》てて海中でもがいていたホステスをクルーザーに収容したんですけど、すでに心肺停止状態だったらしいんです。乗船してた五人が交代で心臓マッサージをしたそうです。だけど、無駄だったということでした」

「三浦は保身を第一に考え、ゲームのことを口外するなとクルーと二人のホステスに頼んだんだろうな」

「そうなんですよ。それぞれに後日、二百万円ずつ渡すと言って、死んだ女は単なる溺死《できし》だったと口裏を合わせてもらったという話だったな」

「その話は誰が洩らしたんだ？」

「いつも三浦のクルーザーの操船を任されてた富樫正充《とがしまさみつ》、三十三歳が知り合いのフリージャーナリストに話してしまったらしいんですよ。秘密を抱《かか》えてることが苦しくなったんだろうな。薬丸大輔《やくまるだいすけ》というジャーナリストは、告発記事を書く前に不審死してる。何者かに登山中に崖下に突き落とされた疑いがあったらしいんですが、八ヶ岳《やつたけ》の所轄署は滑落死と断定したそうです」

「富樫という男も消されたんじゃないのか?」

「いや、生きてますよ。恐怖からか、記憶喪失になって自宅に引き籠《こも》ったままなんです。実はおれ、中野にある富樫の実家に行ってきたんですよ」

「そうなのか。富樫は本当に記憶を失ってたのか?」

「ええ。芝居をしてる様子ではありませんよ。おまけに失語症気味だったんで、筆談で遣《や》り取りをしたわけですが、本人は三浦のことも忘れてしまってるようだったな」

「そうか。三浦賢は薬丸にホステスの溺死の真相を暴かれることを恐れ、誰かにフリージャーナリストの口を塞《ふさ》がせたんだろう」

「その疑いは拭えないですよね。富樫の記憶がいつ蘇《よみがえ》るかもしれない。二人のホステスも生かしておいたら、安心して暮らせないでしょ?　そのうち三人も……」

　野中が言った。

「そういうことも考えられるな。三浦賢は、いずれ富樫と二人のクラブホステスを誰かに始末させる気でいるのかもしれないぞ」

「そうなんでしょうね。三浦のスマホのナンバーも教えてもらいました。きょうと明日はニュース番組は休みだから、三浦は都内の自宅で寛《くつろ》いでるんでしょう。プリペイド式の携帯を使って、おれ、三浦を揺さぶってみますよ」

「野中、待ってくれ。三浦賢が脅迫者の沼部努を第三者に殺《や》らせた疑いはあるが、おれは別の人間も気になりはじめてるんだ」

真崎は短くなった煙草の火を消した。

「それは誰なんです？」

「尾形剛だ」

「えっ、被害者《マルガイ》の実の息子が怪しい⁉　真崎さん、マジですか？」

「ああ。疑わしい点があるんだよ」

「それを聞かせてください」

野中が促《うなが》した。真崎は、尾形剛を怪しむようになった経緯を語った。

「沼部に自分の健康保険証を悪用したことを咎《とが》めた三十歳前後の男が尾形剛かもしれないと推測することはできるでしょうが、被害者は実父なんですよ。いくらなんでも、それは考えられないでしょ？」

「普通の親子なら、考えにくいだろうな。しかし、沼部は元妻の実家の土地を当てにして結婚したと思われる」

「妻の実家の土地と建物を担保にしてスーパーの開業資金を捻出《ねんしゅつ》した男は、利用価値のある元妻にうまいことを言って結婚したんでしょうね。しかし、スーパー経営に失敗して、沼部は自己破産した。そうでしたよね？」

「そう。周囲の者たちには債権者に怯《おび》えてる妻や息子を楽にしてやりたかったんで離婚したと沼部は言ってたようだが、自分が土地を奪われた妻や親族から離れたかっただけなんだろう」

「そうなんでしょうね、多分。利己的な人間は、家族よりも先に自分のことをまず考える。便利屋時代は経済的な余裕はなかったでしょうが、『共進興業』が軌道に乗ってからは少しはゆとりができたでしょう」

「だろうな。別れた妻の実家に大変な迷惑をかけたんだから、何らかの誠意を見せるのが人の道だ。なのに、沼部努は元妻の生活が楽ではないと知りつつも何も援助してない」

「元妻には愛情を感じてなかったんでしょうね。利用価値があると思ったんで、結婚しただけで……」

「そうなのかもしれないな。それでも、血を分けた倅《せがれ》には多少の情愛はあったんだ。しかし、沼部には息子よりも金のほうが重かったんだろう。尾形剛の健康保険証を使って、沼部は消費者金融から投資ビジネスの運用資金を借りたにちがいない。金融業者の中には、融資申込人が他者になりすましてるとわかってても、健康保険証を見せれば、金を貸してるとこがある」

「確かにそういう業者はいますね。息子の剛は無断で親父《おやじ》が借金したんで、負債を背負うことになったのか。たとえ実父でも、そんなことをされたら、頭にきますよね」

「当たり前だよ。剛の同僚の話だと、どうも母親の入院加療費を父親のところに借りに行ったらしいんだ。しかし、沼部は元妻はもう赤の他人だと剛を追い返したそうなんだよ」

「それが事実なら、息子は薄情な沼部に殺意を覚えてもおかしくないですよね。母の実家の身上《しんしょう》を潰《つぶ》しておきながら、そこまで冷淡になられたんじゃ……」

「尾形靖代は末期癌で、余命四、五カ月という話だったな。そのうち、息子は母親をホスピス病棟に入れる気らしい」

「癌は不治の病気と思われてるけど、早期に治療してれば、死亡率はぐっと低くなる。大腸癌のステージ2なら、百パーセント近く完治するらしいですよ。ほかの臓器に癌細胞が転移することは少ないんだってさ」

「野中、妙に精《くわ》しいじゃないか」

「この店のオーナーに食道癌が見つかったと聞いたとき、おれ、ちょっと勉強したんですよ。真崎さんも知ってるでしょうが、癌の主な治療法は外科手術、放射線治療、抗癌剤服用の化学療法の三つなんです」

野中が照れた顔で講釈《こうしゃく》した。

「おれも、その程度のことは知ってるよ。癌が小さくて一点しかない場合は、外科手術で根治が期待できるんだろう？」

「ええ、そうみたいですね。でも、手術後に機能障害を伴《ともな》うことがあるようです。頭、目、骨盤の手術は難しい部位があるらしいんですよ。だから、局所癌のもう一つの治療として、エックス線やガンマー線を体外から照射する放射線治療があるわけです」

「放射線治療は周辺の正常な細胞を破壊することがあって、食欲不振や脱毛なんかの副作用が出てくるんじゃなかったか」

「そうなんですよ。正常細胞に影響を与えないよう工夫されたのが、最新の重粒子線《じゅうりゅうしせん》や陽子線《ようしせん》治療なんだって」

「その最新治療のことは聞いた覚えがあるが、よくわからないな。ドクター野中、詳しく教えてくれないか」

「茶化さないでください。どちらも原子から電子を剝《は》ぎ取った原子核《イオン》ビームを加速して、患者に照射するんですよ。ヘリウムイオンより重いイオンを重粒子線と呼ぶらしいんですが、いまは主に炭素イオンを指《さ》すそうです」

「すぐにはよく理解できないが、エックス線よりは治療効果はあるわけだ？」

「ええ。同じ線量で照射した場合、重粒子線の効果はエックス線の約三倍らしい。一九九四年に治療が開始されて、現在、国内に七つの重粒子線治療施設があるんですよ」

「意外に少ないんだな」

「ですね。二〇一五年に神奈川《かながわ》県で治療がスタートして、それから大阪《おおさか》府と山形《やまがた》県が後につづいた」

「そうか。陽子線治療を受けられる医療施設の数も少ないのか？」

「陽子というのは、水素の原子核のことだそうです。水素の陽子を使った治療をしてる施設は国内に十八カ所あったと思うな。陽子線も重粒子線と同じように深い場所にある癌患部に線量を集中的に照射できるみたいですよ。ただ、治療効果は重粒子線よりも少し低いようだな」

「これまでに重粒子線・陽子線治療を受けた癌患者はどのくらいいるんだい？」

真崎は質問した。

「およそ二万九千人だったかな。治療施設によって数字が少しばらついてますが、五年生存率は前立腺癌は約九十五パーセント、手術不能Ｉ期肺癌が約七十パーセント、再発進行肝癌でも約五十パーセントなんですよ。胃癌と広範な転移癌には、重粒子線・陽子線治療は不向きみたいだね」

「そうであっても、すごい進歩じゃないか。先進医療だから、検査費用と入院費以外は健康保険が使えないんだろう？」

「ええ。治費費そのものは自己負担なんです。重粒子線治療で三百十万円以上、陽子線は二百九十万円前後らしいんだけど、患部が大きかったら、四、五百万は必要でしょうね」

「安くないな」

「治療費も高いけど、重粒子線治療を受けられる施設は七府県しかないんです。遠い所に住んでる患者は付き添いの分も含めて交通費や宿泊費が必要だから、総費用はもっと高くなるわけですよ」

「陽子線治療施設も全国に散らばってるのか？」

「そうなんです」

「経済的に豊かな患者じゃなければ、癌の先進医療を受けられないわけか。なんか不公平だな。命の重さは誰でも等しいはずなのに、貧乏人《ひと》は生存年数を延ばせないのか。なんか釈然《しゃくぜん》としないね」

「自分も同じ気持ちです。無駄な公共事業費を削減し、最新の医療施設を増やして早く保険が誰でも使えるようにすべきですよ」

「国会議員たちは日本人の平均寿命を延ばしたくないと思ってるんじゃないか。そんな皮肉を言いたくなるほど高齢者や貧困層に冷たいからな、いまの政府は」

「だいたい議員の数が多いし、歳費のほかに特典を付けすぎだよね。それはそれとして、『スラッシュ』のオーナーも治療費のことがネックになって、重粒子線治療を受けられなかったんです。そうこうしてるうちに食道の癌細胞が肝臓に転移しちゃった。おれが全額を用意してあげることはできないけど、二百万ぐらいなら……」

「回せると店のオーナーに言ったんだ？」

「そうなんですよ。だけど、オーナーは他人《ひと》に迷惑をかけてまで生にしがみつくのは自分のダンディズムに反すると遠慮しました。それ以上、厚意の押し売りはできないでしょ？」

野中が言った。

「そうだな。話が逸《そ》れたが、尾形剛が母親に先進医療を受けさせることができないと絶望感に包まれたとき、父親に対する殺意が一段と強まった可能性もあるな」

「考えられますね。真崎さん、尾形剛に迫る前にニュースキャスターの三浦賢を揺さぶってみましょうよ。三浦が沼部を誰かに殺《や》らせた疑いもあるわけだから」

「そうするか。おれがブラックジャーナリストを装って、三浦に電話をしてみよう。野中、プリペイド式の携帯を貸してくれ」

真崎は上体を捻《ひね》って、手を差し出した。

プリペイド式携帯電話を受け取る。野中がメモを見ながら、ゆっくりとナンバーを告げた。真崎は数字ボタンを押した。

スリーコールで電話は繋がった。

「三浦だ。誰だい？」

「テレビに出てるときと違って、横柄《おうへい》な口をきくんだな」

「誰なんだっ」

「自己紹介は省《はぶ》かせてもらうぜ。あんた、正義漢ぶってるが、狡猾《こうかつ》な生き方をしてるんだな。裏の貌《かお》を知ったら、視聴者に軽蔑《けいべつ》されるだろう」

「無礼じゃないか！」

「偽善者がいっぱしのことを言うんじゃないっ」

　真崎は一喝《いっかつ》した。

「厭《いや》がらせの電話か。わたしは、体を張ってキャスターを務めてるんだ。どんな脅迫にも屈しないぞ」

「カッコつけるんじゃない！　あんたの化けの皮は、もう剝《は》がれてる。あんたは自分のクルーザーに三人のクラブホステスを乗せて伊豆大島沖までトローリングしたことがあるよな？」

「それがどうだと言うんだっ」

「狙った大物が釣れなかったんで、あんたは危険なゲームを思いついた。ホステスたち三人の両手を軽く縛って、甲板《デッキ》から次々に海に投げ落としたんだろ？　早くクルーザーに這い上がった順に三百万、二百万、百万の賞金を与えると約束してな。二人のホステスは甲板《デッキ》に上がることができたが、ひとりは紐がほどけないで溺れてしまった」

「…………」

「うろたえたようだな。クルーザーを操縦してた富樫正充が海中でもがいてるホステスを急いでデッキに引き揚げたが、すでに心肺停止状態だった。乗り込んでた者が代わる代わるに心臓マッサージをしたが、結果は虚《むな》しかった。溺れる女を黙って見てたあんたは、未必の故意による殺人罪に問われるだろうな。しかし、それを立件するのは難しいだろう。操船してた富樫はシ
二人のホステスは口裏を合わせて二百万円ずつ貰ったようだからな。ョックで記憶喪失に陥《おちい》ってしまった」

「有理沙《ありさ》は脚《あし》の筋肉が攣《つ》ったんで、不運にも溺死してしまったんだ。三人のホステスの両手を縛ってなんかないぞ、わたしは」

「脇が甘いぜ。富樫は良心が疼《うず》いたんで、知り合いのフリージャーナリストの薬丸大輔にホステス溺死の真相を明かしたんだよ」

「ど、どこから……」

三浦が言葉を途切らせた。

「その薬丸は八ヶ岳で滑落死してる。地元署は事故死として処理したが、誰かに谷底に突き落とされた疑いもあった。あんたが誰かに薬丸大輔の口を塞《ふさ》がせたにちがいない」

「臆測《おくそく》でわたしを犯罪者と極《き》めつけるなっ」

「空とぼけても意味ないぞ。あんたは経営コンサルタントと称してた財前恭太郎にホステスを見殺しにした件と薬丸の死に絡んでる証拠を握られて、多額の口止め料を脅《おど》し取られたんじゃないか。それだけじゃない。その後、沼部努という男にも口止め料を要求された

にちがいない。財前は病死したんだが、沼部は二月十二日の夜、何者かにサバイバルナイフで刺し殺されてる。あんたが殺し屋《プロ》を雇ったんだよなっ。おれは、その証拠を握ってるんだ」

真崎ははったり《ブラフ》を口にした。

「わたしは疚《やま》しいことは何もやっていない。財前、沼部という奴らも知らないな。言いがかりをつける気なら、きさまの素姓《すじょう》を突きとめて、刑務所に送り込むぞ。わたしは日本を動かしてる超大物と親交があるんだ。裏社会を支配してる首領《ドン》もよく知ってる。場合によっては、きさまを抹殺することだって……」

「あんた、無防備だな。この遣《や》り取《と》りはしっかり録音してるんだよ」

「なんだって⁉」

三浦が通話を終わらせ、すぐにスマートフォンの電源を切った。真崎は苦く笑って、プリペイド式携帯電話を相棒に返した。

「真崎さん、三浦賢はかなり焦《あせ》ってたみたいですね？」

「ああ。有理沙というホステスを見殺しにしたんだと思うよ。それから、フリージャーナリストの死にも絡んでるという心証を得た」

「そうですか。でも、それだけじゃ、人気ニュースキャスターは引っ張れないよね。どうしたもんか」

野中が考える顔つきになった。

「せめて状況証拠を押さえないと、三浦に任意同行を求めることもできないだろう」

「そうですね。なんかまどろっこしいな。おれ、三浦を拉致《らち》してもいいけど、どうします?」

「別働隊のメンバーと手分けして、八ヶ岳連峰に行ってみるよ。薬丸が滑落したのはどこなんだって?」

「赤岳《あかだけ》の中腹と聞いてるね。山梨《やまなし》県警か長野県警から調書を取り寄せてもらえば、詳しい情報は得られるでしょ?」

「そうしてみるよ。先に出るぞ」

真崎はスツールから滑り降り、『スラッシュ』の出入口に足を向けた。

それから一週間後、人気ニュースキャスターは山梨県警に殺人容疑で逮捕された。

逮捕のきっかけを作ったのは真崎だった。真崎は、赤岳の登山口の近くの飲食店の防犯カメラの録画に登山服姿の三浦賢が映っているのを確認した。録画時刻の数分前の画像には、薬丸大輔の姿があった。三浦がフリージャーナリストの後を追い、山道から崖下に突き落とした疑いが濃くなった。

真崎は、そのことを峰岸参事官に報告した。報告内容は天野刑事部長によって、山梨県警に伝えられた。

山梨県警は警視庁提供の情報を無視しなかった。所轄署に捜査本部を設《もう》け、薬丸の滑落死を他殺として調べ直させた。その結果、三浦が薬丸大輔を転落死させた物証を押さえた。

三浦は二日ほど完全黙秘していたが、ついに昨夕《さくゆう》、薬丸を殺害したことを全面自供した。その弱みを財前に知られ、一億円を強請られたことも認めた。

しかし、沼部については知らないの一点張りだった。代々木署の捜査本部の捜査班主任が山梨に出向いて特別に取り調べさせてもらったが、三浦は供述を変えなかった。

「三浦は捜査本部事件ではシロなのかもしれないな」

真崎は張り込み中、声に出して呟いた。今朝九時過ぎから、尾形剛の勤務先に張りついていた。

三浦が沼部の死に関わっていないとしたら、尾形を重要参考人と目《もく》してもいいだろう。そういう事態を迎えたくないという気持ちがいっこうに萎《しぼ》まない。母親を大切にしていた尾形が父親殺しに走る動機には、同情の余地がある。

できることなら、母親が存命中は尾形剛に手錠は打ちたくない気持ちだ。しかし、捜査に私情は挟めない。

殺人犯のすべてが救いようのない悪人というわけではなかった。やむにやまれぬ理由で、ごく平凡な市民が凶悪な事件の加害者になることも少なくない。

尾形靖代が亡くなるまで尾形剛を泳がせてやりたいものだ。しかし、自分は刑事だ。そんなことはできない。

「刑事《デカ》稼業も辛いな」

真崎は長嘆息《ちょうたんそく》して、ダッシュボードの時計を見た。

午後四時四十七分だった。尾形は退社時刻になったら、すぐに母親の入院先に向かうだろう。

峰岸参事官から電話がかかってきたのは五時十分過ぎだった。

「ようやく三浦賢が沼部努に三千万円の口止め料を払ったことを認めたよ。沼部は三浦が薬丸大輔を滑落死させたことを恐喝材料にしたそうだ」

「財前宅の解体工事のとき、恐喝材料を入手したと考えられますね。沼部は防犯カメラの録画に三浦と薬丸が映っていたと証拠を示して、三千万をせしめたんだろうか」

「その点については何も供述していない。ただ、沼部の事件には絶対に関与してないと言い張ってるらしいんだ。三浦がシロなら、消去法でいくと……」

「尾形剛が実父を刺殺したんでしょうね。尾形が職場から出てきたら、身柄を確保します」

「そうしてくれないか。容疑者に情けをかけてやりたいが、罪は罪だからね」

「ええ。任務は遂行《すいこう》します」

　真崎は電話を切った。また、溜息が出た。

　オフィスビルから尾形が姿を見せたのは、五時二十分過ぎだった。表参道《おもてさんどう》駅に向かった。張り込みには気づいていない様子だ。真崎はスカイラインを出ると、駆け足で尾形を追った。容疑者の肩を叩こうとしたとき、尾形が足を止めた。

　体を反転させ、泣き笑いのような表情になった。みるみる尾形の顔から血の気が引いていく。

「なぜ呼び止めたか、もう察しはつくね？」

　真崎は穏やかに語りかけた。

「はい、お手数をかけました。沼部努をサバイバルナイフで刺し殺したのは、このぼくです。母に冷たすぎる父がどうしても赦《ゆる》せなかったんですよ」

「被害者はお母さんの実家の身上を潰したくせに、先進医療の治療費を貸してくれなかったんだね？」

「父、いいえ、あいつにも事情があったんでしょうが、母はもう赤の他人と同じだから、治療費を貸す気はまったくないと言ったんです。そんな言い種《ぐさ》はないでしょ！　親父はスーパーの経営にしくじって、母方の祖父母を文なしにしてしまったんですよ。人間として、最低だっ」

「確かに恩知らずだね」

「ぼくは、母に重粒子線治療を受けさせてやりたかったんです。まだ肺癌のステージ2でしたので、最新治療で四、五年は延命できたはずです。もう手遅れですが……」

「残念だね」

「ぼくは金策に駆けずり回りました。ですけど、百数十万円しか工面できませんでした。あと三百万円ほど足りなかったんですよ。ぼくは親父がなんとか足りない分を用立ててくれると楽観してました。しかし、にべもなく断られました」

「ショックだったろうな」

「ええ、すごくね。自分の腑甲斐《ふがい》なさを呪《のろ》いましたが、同時に親父に対する憎悪の炎が燃え上がりました。夫のわがままにじっと耐えて、精一杯尽くしていた母の半生は何だったのかと怒りを覚えましたよ」

尾形が叫ぶように言った。

「被害者は、きみの健康保険証を使って消費者金融からサイドビジネスの運用資金を無断で借りたんじゃないのか？」

「そこまで調べてたんですか。ええ、その通りです。あの男は勝手に二百万を借りて、株の投資に遣《つか》ったんですよ。ぼくのとこに返済の催促があったんで、健康保険証を悪用されたことを知ったわけです。文句を言ったら、債務はあいつがきれいにしましたが、実の父親がやることじゃないでしょ？」

「そうだな」

「沼部努は女と金に取り憑《つ》かれた人間の屑《くず》です。生きる価値もない男でした。母や祖父母を不幸にした奴は虫けら以下でしょう。だから、ぼくは父を殺したんです」

「おふくろさんはあまり被害者を悪く言わなかったが、きみに捜査の目が向くことを心配したからなのかな？」

「ええ、多分ね。母は口にこそ出しませんでしたが、ぼくの犯行には気づいてたんだと思います」

「やっぱり、そうだったか。お母さんは三田《みた》の総合病院のホスピス病棟に一昨日《おととい》、移ったようだね。仲間の捜査員が調べてくれたんだよ」

「そうですか。母の最期《さいご》を看取《みと》ってから出頭するつもりでしたが、もう諦《あきら》めます。ぼくに手錠を掛けてください」

「手を引っ込めてくれ。お母さんに別れを告げてから、代々木署の捜査本部に出頭するんだね。自首すれば、少しは罪が軽くなる」

「でも、それではあなたの……」

「いいんだ。事情があって、どうせおれの手柄にはならないんだよ。代々木署まで送ろう。こっちが消えたら、必ず自首するんだぞ。きみは助手席に坐ってくれ」

真崎は尾形の片腕を取ると、スカイラインに向かった。
足は妙に重かった。やり切れない隠れ捜査だった。

著者注・この作品はフィクションであり、登場する人物および団体名は、実在するものといっさい関係ありません。

本書は、『疑惑領域　密命警部』と題し、二〇一五年四月に光文社文庫から刊行された作品に、著者が大幅に加筆修正したものです。

疑惑領域

一〇〇字書評

切り取り線

購買動機（新聞、雑誌名を記入するか、あるいは○をつけてください）	
□（　　　　　　　　　　　　）の広告を見て	
□（　　　　　　　　　　　　）の書評を見て	
□ 知人のすすめで	□ タイトルに惹かれて
□ カバーが良かったから	□ 内容が面白そうだから
□ 好きな作家だから	□ 好きな分野の本だから

・最近、最も感銘を受けた作品名をお書き下さい

・あなたのお好きな作家名をお書き下さい

・その他、ご要望がありましたらお書き下さい

住所	〒				
氏名		職業		年齢	
Eメール	※携帯には配信できません	新刊情報等のメール配信を 希望する・しない			

この本の感想を、編集部までお寄せいただけたらありがたく存じます。今後の企画の参考にさせていただきます。Eメールでも結構です。

いただいた「一〇〇字書評」は、新聞・雑誌等に紹介させていただくことがあります。その場合はお礼として特製図書カードを差し上げます。

前ページの原稿用紙に書評をお書きの上、切り取り、左記までお送り下さい。宛先の住所は不要です。

なお、ご記入いただいたお名前、ご住所等は、書評紹介の事前了解、謝礼のお届けのためだけに利用し、そのほかの目的のために利用することはありません。

〒一〇一－八七〇一
祥伝社文庫編集長　清水寿明
電話　〇三（三二六五）二〇八〇

祥伝社ホームページの「ブックレビュー」からも、書き込めます。

www.shodensha.co.jp/bookreview

祥伝社文庫

疑惑領域《ぎわくりよういき》　突撃警部《とつげきけいぶ》

令和 3 年 11 月 20 日　初版第 1 刷発行

著　者　南《みなみ》　英男《ひでお》

発行者　辻　浩明

発行所　祥伝社《しょうでんしゃ》

東京都千代田区神田神保町 3-3
〒 101-8701
電話　03（3265）2081（販売部）
電話　03（3265）2080（編集部）
電話　03（3265）3622（業務部）
www.shodensha.co.jp

印刷所　堀内印刷
製本所　積信堂
カバーフォーマットデザイン　芥　陽子

 ISBN978-4-396-34776-5 C0193

祥伝社文庫の好評既刊

南 英男
遊撃警視
「凶悪犯罪の捜査に携わりたい」準キャリアの警視加納は、総監直接の指令の下、単独の潜行捜査に挑む！

南 英男
甘い毒 遊撃警視
殺害された美人弁護士が調べていた、金持ち老人の連続不審死。やがて、老人に群がる蠱惑的美女が浮かび……。

南 英男
暴露 遊撃警視
美人ＴＶ局員の失踪で浮かび上がる炎上ポルノ、暴力、ドラッグ……行方不明と殺しは連鎖化するのか？

南 英男
異常犯 強請屋《ゆすりや》稼業
悪党め！ 全員、地獄送りだ！ 一匹狼の探偵が怒りとともに立ち上がる！ 甘く鮮烈でハードな犯罪サスペンス！

南 英男
奈落 強請屋《ゆすりや》稼業
違法カジノと四十数社の談合疑惑。悪逆非道な奴らからむしり取れ！ 一匹狼の探偵が大金の臭いを嗅ぎつけた！

南 英男
挑発 強請屋《ゆすりや》稼業
一匹狼の探偵が食らいつくエステ業界の華やかな闇――美しき女社長は甘くて怖い毒を持つ⁉

祥伝社文庫の好評既刊

南 英男 **暴虐** 強請屋《ゆすりや》稼業

東京湾上の華やかな披露宴で大爆発！ 連続テロの影に何が？ 一匹狼の探偵が最強最厄の巨大組織に立ち向かう！

南 英男 **悪謀** 強請屋《ゆすりや》稼業

殺人凶器はインディアン・トマホーク。容疑者は悪徳刑事…一匹狼探偵の相棒が断崖絶壁に追い詰められた！

南 英男 **警視庁武装捜査班**

火器ぶっぱなし放題！ 天下御免の強行捜査！ 解決のためなら何でもありのスペシャリストチーム登場！

南 英男 **錯綜** 警視庁武装捜査班

社会派ジャーナリスト殺人が政財界の闇をあぶり出した――カジノ利権に群がるクズを特捜チームがぶっつぶす！

南 英男 **怪死** 警視庁武装捜査班

天下御免の強行捜査チームに最大の難事件！ ブラック企業の殺人と現金強奪事件との接点は？

南 英男 **突撃警部**

心熱き特命刑事・真崎航のベレッタ92FSが火を噴くとき――警官殺しの裏に警察をむしばむ巨悪が浮上した！